AF216816

Tarik Schwenke

Die Blumensiedlung
Flugkünste eines Zehnjährigen

© 2017 Tarik Schwenke

Verlag: tredition GmbH, Hamburg

ISBN
Paperback   978-3-7439-8132-4
e-Book   978-3-7439-8134-8

Printed in Germany

Inhaltsverzeichnis:

Wenn man Erinnerungen und eine gute Portion Phantasie kombiniert, so kann es durchaus sein, dass auch ein zehnjähriger Junge abhebt und sich der Sonne nähert. Er nimmt die Menschen aus seiner noch recht unschuldigen Perspektive wahr und findet schon sehr früh heraus, welche er mag, oder von welchen er sich lieber fernhält.

Samu hat sehr viele Geschichten zu erzählen und weiß eigentlich überhaupt nicht, wo er anfangen soll. Es wäre *affig*, zu viel durcheinander zu bringen, denn es könnte für die Leserin und den Leser recht schnell ziemlich irreführend werden. Er fängt deshalb von vorn an, oder genauer gesagt, ab einem Erinnerungsfragment, das ihm gerade in den Sinn kam.

Wie empfindet er die Schule? Wie ist es, wenn man Geschwister hat? Welche Freude sucht er sich aus? Welche Sicht hat er in Bezug auf seine Eltern? Was macht ihm Spaß und was quält ihn? Wie böse sind die Geister und Vampire in seiner Welt wirklich?

Welche Antwort er am meisten vermisst, kann sich am Ende seiner Geschichten womöglich jeder selbst am besten beantworten. Fliegen Sie mit ihm eine kleine Strecke durch sein Leben.

Kapitel 1 – Schule und andere Ärgernisse

Hurra, ich kann fliegen, ich kann fliegen. Schaut alle her, ich kann fliegen. Das ist ja...«, ich drehte mich wie verrückt um meine eigene Achse, »...unfassbar und so schnell und so hoch. Was? Ich kann euch nicht verstehen! Ihr müsst schon lauter schreien...«, meine Füße schwebten nun über mir, »...und ich kann eure Handzeichen nicht mehr erkennen. Ja, ist ja gut...«, im Sturzflug raste ich auf die Menschenmenge zu, »...wenn ihr schon nicht zu mir nach oben kommen könnt, dann komme ich eben zu euch nach unten.«, sagte ich voller Gelassenheit, während ich vorsichtig neben Tobias, Alexander und Melanie den Boden betrat.

Ich war nun leider aus meinem Tagtraum aufgewacht und sehr enttäuscht. Das passierte mir in der Schule bislang äußerst selten. Nachts konnte ich mich glücklicherweise nicht davor schützen, zu träumen und abzuheben. Doch in der Schule gelang es mir nur selten zu fliegen, dort sollte ich im besten Falle auch nicht schlafen. Ich war froh, wenn ich diese *übersinnlichen Kräfte* so oft wie nur möglich benutzen konnte, wobei ich mir den Zeitpunkt nicht selbst aussuchen durfte. Schließlich träumte ich nicht in jeder Nacht von meinen Flugkünsten. Heute gelang es mir in der Schule so gut, wie schon lange nicht mehr. Es war noch recht früh am Tag und ich dämmerte durch den Unterricht. Mama hatte gelogen. Ich konnte noch so intensiv mit meiner Zunge meinen Mund absuchen, es war nichts Wertvolles darin zu finden. Morgenstund hat weder Gold, noch Silber, noch Bronze, Platin oder Diamant im Mund. Blödes Gerede, ich spürte nur Leere.

Wenigstens war endlich wieder St. Martin. Ich hatte mich schon lange darauf gefreut. Kein Wunder, denn ich liebte es mit Feuer und Kerzen zu spielen. Auch wenn meine Mutter mir immer gesagt hatte, dass es gefährlich sei und deshalb schon zahlreiche Häuser gebrannt hätten. Was? Wegen einer Kerze und ein paar Streichhölzern? Ich glaubte, dass die Leute einfach zu blöd waren. Für vieles! Als ob es mir passieren könnte, wegen einer brennenden Kerze in Flammen aufzugehen. Naja, ich sagte, ich würde aufpassen und machte trotzdem meine kleinen Kokel-Spielchen, wenn niemand in der Nähe war. Ich wusste sowieso, wo das Feuerzeug aufbewahrt wurde, oder die Streichhölzer lagen. Wir hatten im Wohnzimmer einen Kamin. Sehr praktisch.

In der Schule war es momentan so, dass unsere Lehrerin die Bastelbögen verteilte und wir die Pappe nach einem vorgegebenen Muster ausschneiden mussten. Es sollte eine Laterne daraus entstehen. Wie jedes Jahr. Dabei musste man zuerst mit einem Bleistift und einer Schablone, oder einem Geodreieck, das Muster auf die Pappe zeichnen. Manchmal wusste ich nicht, auf welcher Seite man welchen Winkel an diesem Geodreieck ablesen konnte. Egal, das wäre sowieso erst in einigen Jahren von Bedeutung, wenn wir nicht mehr in die vierte Klasse gingen. So sagte es meine Klassenlehrerin, die ich fast so lieb hatte, wie meine Mutter. Sie war sehr schön und wusste sehr viel. Frau Bergenwald unterrichtete uns auch in Mathe und in diesem Fach ging sie mir teilweise auf die Nerven. Sie glaubte doch nicht wirklich, dass ich sie weiterhin so gut leiden konnte, als sie

8

uns diese schrecklichen Textaufgaben aufdrückte, die wir dann auch noch als Hausaufgabe erledigen sollten. Gerade nach dem Unterricht wollte ich daheim doch nicht mehr an Schule, Mathe und so einen Kram denken. Immerhin hatte sie sehr viel Geduld mit uns und verstand alles so zu erklären, dass diese langweiligen und anstrengenden Aufgaben wenigstens ein bisschen verständlich waren. Außerdem hörte ich ihr sehr gerne zu. Sie hatte eine unheimlich beruhigende Stimme. Wenn ich aufzeigte und Fragen hatte, kam sie oft an den Tisch. Darauf wartete ich, denn sie roch sehr gut. Sie erinnerte mich an die Mutter von zwei Kindern in meiner Straße, im Irisweg. Das war die Straße, in der ich wohnte. Die Mutter dieser beiden sah wie in der Werbung aus und hatte die tollsten Haare. Manchmal, als ich mit Mama einkaufen war und sie in die Abteilung für Schminke und Creme und so weiter ging, kamen wir am Frisörladen vorbei und dort sah ich Frauenköpfe auf Plakaten, die die neusten Frisuren zeigten. Ich glaubte ja, dass unsere Nachbarin, Frau Knörle, insgeheim auf die neuesten Frisuren wartete, um sich dann frisch frisiert bei uns auf der Straße zu zeigen. Damit wollte sie bestimmt die anderen Mütter neidisch machen. Ich konnte mir sehr gut vorstellen, dass auch meine Mutter solche Haare haben wollte. Hatte sie aber nicht! Naja, ihre waren auch ganz okay. Aber genug zu diesen Haarangelegenheiten.

Frau Bergenwald schaute mich während dieser Bastelstunden einmal ziemlich böse an, als ich die Linien auf dem Bastelbogen nicht sorgfältig genug ausschnitt. Ich gebe zu, ich hätte das auch besser machen können. Doch ich machte recht viel Blödsinn, quatschte relativ viel und da war manchmal nicht genug Zeit, um über die perfekte Schnittlinie nachzudenken. Irgendwie waren viele Themen in der Schule am Anfang immer toll und aufregend, doch nach einer gewissen Zeit empfand ist das ganz anders. Ich bemühte mich mit dem Ausschneiden, aber nur für die tolle Frau Bergenwald. Das Wichtigste war nach dem sauberen Ausschneiden aus dem Bastelbogen, dass man die Fensterchen anständig festklebte. Das war übrigens super. Klebstoff roch ich nicht nur gerne, sondern benutzte ihn für viele andere Zwecke. Ich verklebte meine Finger, den Tisch, oder ich klebte ihn heimlich auf den Bastelbogen von Melanie. Ich weiß, das war gemein. Ich hatte nichts gegen sie. Ich wollte sie ab und zu etwas ärgern, weil sie fast immer eine eins schrieb. Saß sie nach der Schule und nach den Hausaufgaben wirklich noch länger an dem Unterrichtskram und büffelte weiter? Dafür musste ihr eine Lektion erteilt werden. Ein bisschen Klebstoff würde reichen, dachte ich mir. Der Klebstoff hatte nur einen Nachteil. Wenn man ihn zusammen mit Transparentpapier benutzen sollte, wurde es oftmals chaotisch, zumindest bei mir. Transparentpapier klebte nämlich sehr gut und nach kurzer Zeit sehr schnell am Tisch. Und weil wir nur eine bestimmte Menge an Papier hatten, musste ich aufpassen nicht zu viel davon zu verschwenden. Am Ende war Frau Bergenwald war mit mir sehr zufrieden. Wir lachten sehr oft miteinander. Insgeheim fand sie meine Späße sicherlich gut, sonst hätte sie nicht so oft mir mir gelacht. Meine Witze und Neckereien waren meistens nicht böse. Ich habe manchmal sehr lustige Einfälle gehabt, allerdings auf Kosten anderer. Die Betroffenen lachten in den meisten Fällen mit mir. Vielleicht wurde das Ärgern bei Melanie manchmal zu viel. Ich legte dann ein, zwei Tage Pause ein und redete ganz normal mit ihr.

Manchmal klebte nach der Schule Transparentpapier an

meiner Hose. Meine Mutter fand das überhaupt nicht lustig. »Ich muss immer so viel waschen. Ich weiß überhaupt nicht, woher du so viel Dreck mitbringst. Wie soll ich denn jetzt den Klebstoff aus der schönen neuen Hose herausbekommen?«, schimpfte sie. So viel Aufregung! Außerdem konnte man doch den Kleber aus dem Stoff herausschneiden. Man musste nur aufpassen, irgendwie. Ich entschuldigte mich und sagte, dass das nie wieder vorkommen würde.

»Jaja...«, sagte sie genervt, »...das sagst du andauernd, Samu. Jetzt halte Dich in Zukunft daran und streng dich gefälligst ein bisschen an, nicht immer alles zu verkleben und zu verdrecken.« Okay, dann würde ich ab jetzt Rücksicht auf sie nehmen und drei Mal überlegen, bevor ich mich irgendwo hinsetzte, wo es sandig war. Oder ich würde nun mit dem Kleber aufpassen. Wie nannte man diese komischen Jungs nochmal? Musterschüler, oder so. Irgendwie widerlich.

Um nochmal auf Melanie zurück zu kommen. Sie hatte eine eigenartige Mutter, mit einer langen Nase und einem unfreundlichen Gesicht. Ich war verwundert, dass Melanies Nase ganz normal aussah. Eigentlich sah sie gut aus. Trotzdem, sie war auch da, um geärgert zu werden. Natürlich nicht die Nase, sondern Melanie, zusammen mit ihrer Nase. Selbstverständlich.

Auf dem Schulhof war in den Pausen die Hölle los. Mein Freund Tobias und ich waren nicht die besten Fußballer. Wenn wir mitspielten, gaben wir unser Bestes. Für ein Tor reichte es bei mir nur selten. Ich war eher jemand, der die Tore vorbereitete und dem Siegesschützen den Ball vor die Füße spielte. Ich konnte relativ schnell laufen, auch wenn ich nicht der schlankeste Junge war und andere deutlich schneller waren. Trotzdem ließ ich beim Schulsport einige Jungs hinter mir. Sprinten fand ich blöd. Um ehrlich zu sein, weil ich nicht so schnell beschleunigen konnte. Die Pizza von gestern musste irgendwie bewegt werden. Sprinten war auch deshalb blöd, weil es Claudia gab. Sie war groß und unheimlich dünn. Ich wunderte mich darüber, dass sie keine Klappergeräusche erzeugte, wenn sie derartig schnell unterwegs war. Sie lief mit Leichtigkeit auf dem Sportplatz an mir vorbei und überholte mich wieder und wieder. Ich hatte mich schon daran gewöhnt. Sie war einfach die beste Sportlerin aus unserer Klasse. Sie würde eines Tages bestimmt an den olympischen Spielen teilnehmen und eine Russin oder Amerikanerin überholen. Beim Fußball war es schwierig, schnell mit dem Ball zu laufen, dabei anderen Spielern auszuweichen und trotzdem nicht über ihn zu stolpern. Er fühlte sich wie ein Gewicht am Bein an. Und ohne Gewicht konnte ich einfach schneller laufen. Blöd fand ich es zudem auf dem Schulhof zu spielen, wenn es vorher geregnet hatte. Nicht weil ich mir die Hose hätte schmutzig machen können und meine Mutter mich wieder geschimpft hätte. Vielleicht auch ein wenig deshalb. Ich hasste es nasse Füße zu bekommen und zudem noch stundenlang mit diesen *Mauken* im Unterricht sitzen zu müssen.

Tobias und ich machten am liebsten Rundlauf an der Tischtennisplatte. Dabei kam es nicht nur darauf an, besonders gut Tischtennis zu spielen. Es war wichtig möglichst schnell um die Platte zu laufen, nicht abgehängt zu werden, um somit nicht auszuscheiden. Besonders unangenehm war es, wenn Daniel Massi mich ausscheiden ließ. Wir hatten da so etwas wie einen kleinen Tischtennis-Streit. Wir jubelten, wenn wir den Ball so schlugen, dass der Andere nicht mehr an ihn heran kam. Zu meinem Glück war Daniel relativ langsam und deshalb gelang es mir ihn sehr häufig ins Aus zu befördern.

Er hatte übrigens an jedem einzelnen Tag die vollste Butterbrotdose und die Brote waren toll belegt. Die Brote erinnert mich an einen Werbespot im Fernsehen. Zum Beispiel in dieser Reklame mit der Margarine. Da saß die ganze Familie am Holztisch. Der Raum war sehr hell und die Sonne schien. Natürlich, wie sollte es auch anders sein. Wer würde im Fernsehen eine Reklame zeigen, in der es draußen regnet und der Speiseraum dunkel ist? Es war jedoch bei uns Zuhause in den meisten Fällen so, dass die Sonne eben nicht schien und es deshalb auch nicht so hell und lieblich, wie im Wohnzimmer der frühstückenden Familie aussah. Tobias würde sagen, dass das eine komplette Verarsche war. Natürlich hatte er Recht, aber ich fand die lachende und glückliche Familie, die sich die Margarine anreichte und dabei unheimlich leckere Brote belegte, toll. Es waren Tomatenscheiben, Radieschen und Gurken auf dem Tisch. Die Radieschen platzten plötzlich auf und Wasser spritzte aus ihnen hervor. In diesen Momenten wollte ich nur noch Radieschen essen. Sogar Nutella hätte ich dafür stehen lassen. Eine ganze Tomate lag auf dem Tisch und ohne viel Mühe schnitt sie der glückliche und schnieke aussehende Vater auf. Mein Vater war oft mürrisch. Ich konnte mir nicht vorstellen, ihn irgendwann in einem Werbespot zu sehen. Er war eben kein Werbepapa!

Daniel war vermutlich auch in einer solchen Reklame-Familie aufgewachsen. Bei ihm war es immer sonnig und seine Eltern schnitten den ganzen Morgen Gemüse auf und belegten Brote. Daniel hatte keine Geschwister. Deshalb war die Produktion der tollen Brote ausschließlich für ihn gedacht. Eine Zutat seiner perfekt belegten Brote war für mich besonders lecker. Das weiß ich, weil wir einmal unsere Brote getauscht hatten. Er hatte sogar Mayonnaise mit Kräutern auf dem Brot. Und Käse. Und Wurst. Phänomenal. Seitdem tauschten wir nie wieder unsere Brote. Hätte ich an seiner Stelle auch nicht gemacht. Ach ja, er hatte oft sogar belegte Brötchen. Brötchen gab es bei uns meistens nur am Wochenende. Insgesamt fand ich Daniel ganz okay und sicher nicht nur aufgrund seiner leckeren Brote und Brötchen. Davon hatte ich ja sowieso nicht viel. Bis auf das eine Mal. Er und ich hatten einen gemeinsamen Feind. Nils war mehr als nur einen Kopf größer als wir. Er hatte Muskeln, dass es mir vor Neid schlecht wurde. Unser Sportlehrer sagte uns oft, dass Männer starke Arme haben sollten. Nils hatte außerdem eine richtige Löwenmähne. Was war das denn bitte für ein komischer Junge? Gab es vielleicht ein Geheimnis in seiner Brotdose? Etwas Bestimmtes, dass ihn wachsen und wie ein Sportler aussehen ließ?! Er sah aus wie 16 und war, so wie ich und Daniel, doch erst zehn oder elf. Aus einem Grund, den ich nicht kannte, hatte er etwas gegen mich. Vielleicht bemerkte er, wie neidisch ich ihn anschaute. Möglicherweise hatte er diese Blicke anders gedeutet. Vielleicht dachte er, dass ich ihn nicht mochte und mich über ihn lustig machte. Er war übrigens der beste Fußballer in der Schule und schoss in der Pause auf dem Fußballfeld die meisten Tore. Wahnsinn, manchmal wäre ich gern wie er gewesen. Ich beobachtete oft, dass er sich mit dem ein oder anderen Jungen anlegte. Natürlich waren ihm die meisten unterlegen. Es schien oft so, als ob er nicht auf diesen Schulhof gehörte. Möglicherweise war er ja ein Außerirdischer. Es konnte doch sein, dass seine Eltern keine Menschen waren. Stattdessen vielleicht Riesen, die sich unter den normalen Menschen auf der Erde tarnten. Nils aber musste ja zur Schule gehen und durfte sich anscheinend nicht tarnen oder verstecken. An diesem Tag wusste ich nicht, dass er und ich uns in einigen Wochen auf dem Schulhof ein Gefecht liefern würden.

Es war kalt und ich musste auf die Toilette gehen. Ich wartete damit, bis die Pause zu Ende war. Von den Lehrern wurde ich immer wieder aufs Neue ermahnt, nur in den Pausen auf die Toilette zu gehen. Leider hatte ich mich nie verhört. Wollten die Lehrer darüber bestimmen, wann und wie ich wo verdaue? Unfassbar. Ganz ehrlich. In der Pause wollte ich die Toilette meiden, weil es furchtbar voll war und ich den anderen nicht beim Kacken und Furzen zuhören wollte. Ich fand die Vorstellung aber doch noch viel unangenehmer, wenn andere mich selbst furzen hörten. Am Ende hieß es dann irgendwann auf dem Schulhof: »Guck mal, da ist er. Der Furzer aus der Klasse 4a.« Ich hasste die Schultoilette. Ich brauchte meine Ruhe. Was das Toilettenpapier betraf, brachte es ein Vergleich auf den Punkt. Mein Vater hatte in der Garage Schmirgelpapier, das vermutlich wesentlich angenehmer am Po gewesen wäre. Ich glaubte die Schüler sollten, ohne es zu wissen, an einem Experiment teilnehmen. Vielleicht hatte der Hersteller von *Pantena,* der die gleichnamige *Pantena-Creme* fabrizierte, der Schule viel Geld angeboten, damit die Schüler einen wunden Po bekämen und ihre Eltern die Creme kaufen mussten. Machte die Schule etwa ein Geschäft mit einer Firma, die Kinder mit wunden Popos benötigte, um Geld zu verdienen?
Nicht mehr lange und ich würde die Grundschule verlassen müssen. Kaum vorstellbar was wohl kommen würde, wenn ich nicht mehr unter dem schmalen Dach, auf dem Weg zu meiner Klasse 4a, im Regen Schutz suchen konnte. Das halbe Schulgebäude war von diesem

Dach umgeben. Im Treppenhaus war tagtäglich der Geruch von Kakao wahrzunehmen. Vielleicht bildete ich mir das nur ein. Denn jeden Tag gab es für jeden Schüler Milch oder Kakao in Trinkpackungen mit Strohhalm. Die Kartons, voll mit dem süßen Zeug, wurden zu Beginn der ersten Schulpause geliefert und verteilt. Ich freute mich sehr darauf und hatte vielleicht auch deshalb den Geruch von Kakao in der Nase, als ich durch das Treppenhaus lief. Ich stellte mir die Frage, ob man Kakao überhaupt riechen konnte. Jeder wusste, so glaubte ich, wie Kakao schmeckt. Doch konnte ein ganzes Treppenhaus danach riechen? Ich war sehr froh, dass ich mit dem Treppenhaus kein schlechtes Geruchserlebnis verbinden musste. Ich kam also von der stinkenden, windigen, zu kalten und als medizinische Versuchsanordnung erbauten Toilette, und fand Rettung im Schokoladen-Treppenhaus. Es wäre toll, gäbe es so ein Schokoladen-Treppenhaus bei mir Zuhause.In dieser Stunde war deutsch angesagt. Ich setzte mich an mein Schulpult und schrieb die diktierten Worte auf. Frau Bergenwald zuzuhören war super. Doch genau das lenkte leider zu sehr vom Unterricht ab. Ich stand wieder vor der Entscheidung, ob ein Wort mit *i* oder *ie* geschrieben würde. Oder, ob eines dieser unzähligen deutschen Worte aus irgendwelchen Gründen mit einem, oder zwei *s*, oder sogar mit einem scharfen *ß* aufgeschrieben werden musste. Ich liebte es zu erzählen, Geschichten vorzulesen und das Schreiben an sich war auch ganz schön. Noch schöner wäre es gewesen, nicht darüber nachdenken zu müssen, wie man ein Wort schreibt. Wenn man es auswendig wüsste. Wann würde ich diesen gesegneten Tag erleben und wie viele Fehler würde ich bis dahin noch machen? Den nächsten Fehler machte ich just in diesem Moment. Frau Bergenwald ging durch die

Reihen, während sie diktierte. Plötzlich stand sie hinter mir und deutete auf mein Heft. Ich hätte *Blumenstrauß* falsch geschrieben! Auweia. Als sie mir das sagte, wusste ich direkt Bescheid. Wie oft hatte ich das Wort schon gesehen und aufgeschrieben? Natürlich, in diesem Falle musste das scharfe *ß* ins Heft *gekritzelt* werden. *Gekritzelt* war der Wortlaut meiner Mutter, die die Meinung vertrat, dass ich nicht schön genug schrieb und oftmals die Buchstaben nur so dahin-*kritzelte*. Blödsinn! Es war doch am wichtigsten, dass ich keine Fehler machte und eine gute Note erhielt. So empfand ich das und je öfter sie das sagte, um so sicherer wurde ich mir meiner Meinung. »Frau Bergenwald, ich wusste, dass Blumenstrauß mit scharfem *ß* geschrieben wird. Ich weiß auch nicht warum ich das nicht gemacht habe«, sagte ich zu ihr.

»Samu, woran hast du denn gerade gedacht, als ich das Wort diktierte und du es aufschreiben solltest?«, fragte sie interessiert. Ich wusste es nicht mehr genau, weil ich sehr häufig an viele Dinge gleichzeitig dachte. Ich konnte mich daran erinnern meine Mitschülerin Marcella beobachtet zu haben, die heute eine wirklich verrückte Hose mit glänzenden Steinchen trug. Ihre Eltern kamen aus Italien und deshalb hieß sie Marcella. Wobei das c in ihrem Namen ganz komisch ausgesprochen wurde. Eine Mischung aus c und sch. Trugen viele italienischen Mädchen solche Klamotten? Ich weiß nicht, denn ich kannte nur dieses Eine. Ich gehörte übrigens auch manchmal zu den Schülern, die sie mit dem Reim *Marcella, Propeller, Nutella* aufzogen. Sie fand das natürlich total affig und sicherlich hatte sie Recht. Nebenbei, Nutella gehörte zu meinem Lieblingsthema *Schokolade*. So, wie das Schokoladen - Treppenhaus.

Ich konnte Frau Bergenwald natürlich nicht vor allen Leuten sagen, dass ich eben an Marcella gedacht hatte.

Das wäre vielleicht peinlich gewesen. Ich glaube sowohl Marcella, als auch mir. Demnächst würden alle denken, dass ich wegen Marcella Worte falsch aufschrieb. Nein, das ging überhaupt nicht und ich musste mir eine andere Erklärung überlegen.

»Ich habe gerade daran gedacht, wie gut sie riechen und...«, sagte ich und erst in diesem Moment wurde mir klar, wie affig das war. Während unsere Klassenlehrerin sichtlich entzückt war und schmunzelte, schauten Marcella und viele andere Mitschüler- und schülerinnen zu mir herüber. Die meisten lächelten, einige grinsten und Daniel lachte laut. Na warte Daniel. Dafür werde ich Dich an der Tischtennisplatte in der nächsten Schulpause ins Abseits befördern. Und so sollte es tatsächlich geschehen. Mit diesem Vorhaben gelang mir an der Tischtennisplatte plötzlich alles. Ich war schnell, ich spielte sehr präzise und hatte im richtigen Moment den besten Schlag drauf. Ja, ich konnte den Ball sogar schmettern. Das war mir vorher niemals richtig gelungen. Und nun plötzlich eine ganze Schulpause lang. Wenn ich in Zukunft immer so spielen würde, könnte ich eines Tages zusammen mit Claudia zu den olympischen Spielen fahren. Frau Bergenwald diktierte weiter. Alle drehten sich dabei sofort zurück in Schreibposition und waren konzentriert. Das Diktat endete erst nach weiteren zehn Minuten. Ich konnte nicht hundertprozentig sicher sein, ob Frau Bergenwald mir nun öfter freundlich zulächelte, oder ich es mir nur einbildete. Möglicherweise war es eine Mischung aus beidem.

Melanie lief vor mir im Treppenhaus und spazierte Richtung Ausgang. Natürlich war sie umgeben von ihren beiden besten Freundinnen. Sabrina war eine davon. Sie hatte ein wirklich interessantes Gesicht. Ich musste sehr oft an die Chinesinnen im Fernsehen denken. Deren Augen waren ganz anders als die der Deutschen. Mama sagte, dass ihnen an jedem Auge eine Falte fehle. Als ich sie fragte, wie das passieren konnte, blickte sie ratlos. Ich wollte eines Tages Frau Bergenwald fragen, wie es zu diesem Unterschied kommen konnte. Dieses Augen-Ding beobachtete ich auch bei Sabrina. Nur war ich mir sicher, dass ihre Eltern, die ich vor einiger Zeit in der Schule sah, sehr deutsch aussahen. Sie hatten also diese Zusatzfalte. Vielleicht hatte Sabrina ja eine chinesische Großmutter, oder einen chinesischen Großvater. Oder Urgroßmutter und Urgroßvater waren aus China. Wenn das aber so wäre, mussten auch ihre Eltern anders aussehen. Komisch. Ich konnte mir das nicht erklären. Darauf angesprochen hatte ich sie bislang noch nicht. Immer als ich sie fragen wollte, hatte mir meine innere Stimme davon abgeraten. Nun ja, Sabrina war eben Sabrina und außerdem eine ganz Feine, trotz fehlender Augenfalte.

Auf der Treppe gesellte sich Frank zu mir und fragte, ob wir am Nachmittag zusammen an unseren Fahrrädern basteln und ein wenig damit herumfahren würden. Frank war ein totaler *Fummler*. So nannte mein Vater diese Typen, die den ganzen Tag in der Werkstatt oder der Garage zugange waren und reparierten, planten oder etwas reinigten. Papa war selbst ein *Fummler*, doch ihm gelang vieles nicht besonders gut. Frank war für mich ein echter *Fummler*. Drähte, Öl und Klebestreifen gehörten zu ihm, wie sein Sprachfehler. Wenn ich an ihn dachte, musste ich zwangsläufig grinsen. Er lispelte und war in ständiger Bewegung. Immer sah er etwas und sprach es direkt an. Er wackelte mit seinen Beinen und lachte so laut, dass ich mir hin und wieder die Ohren zuhalten musste. Manchmal kam er mir vor wie eine der

Figuren aus einem *Lustigen Taschenbuch*. Es gab nicht viele dieser Figuren, die mir sympathisch waren. Donald, Dagobert und Daniel Düsentrieb waren mir die Liebsten. Hätte Donald Duck noch einen Bruder namens Frank gehabt, der immer herum zappelte und lispelte, hätte ich jeden Monat besonders auf die neuesten Geschichten von ihm im *Lustigen Taschenbuch* gewartet. Plötzlich drehte sich Melanie zu uns um. Frank machte eine seiner merkwürdigen und witzigen Bemerkungen: »Wollt ihr mit uns an den Rädern basteln? Das könnt ihr gerne machen. Aber fein seht ihr danach nicht mehr aus!« Melanie rollte mit ihren Augen.

»Samu, das war sehr nett von Dir, was du zur Bergenwald gesagt hast.« Ich glaube, ich wurde rot.

Am Fahrradständer traf ich Tobias. Wir fuhren fast täglich zusammen heim. Er wohnte nur zwei Straßen entfernt von mir, in der Blumensiedlung. So nannte ich die Siedlung, in der wir wohnten. Denn jeder Straßenname beinhaltete eine Blume. Der Name setzte sich aus einer Blume und einem anderen Wort zusammen. Beispiel: Iris-weg. Wobei ich den Namen Rosen-hügel am schönsten fand. Ein Hügel voller Rosen und mittendrin ein Haus. Dort wollte ich auch wohnen. Die Rosen sollten aber bitte keine Stachel haben. Tobias war kein wirklich lustiger Junge. Er machte sich oft über andere lustig. Teilweise lag er mit seinen Bemerkungen richtig. Er zeigte auf manche Leute, erzählte mir kurz etwas von ihnen, verzog sein Gesicht und lachte über sie. An erster Stelle war er sich am wichtigsten und das was er wollte. Ich wunderte mich, dass ich so viel Zeit mit ihm verbrachte. Irgendwann würde wir uns sicher extrem streiten. Mit extrem meine ich, dass wir möglicherweise nicht mehr zusammen mit dem Fahrrad nach Hause fahren würden. Bis dahin würde es aber noch recht lange dauern. Letztlich waren wir befreundet und hatten zusammen auch viele schöne Momente erlebt. Wir stiegen auf unsere Fahrräder und hatten Glück. Das erste Mal seit dem Morgen kam die Sonne heraus. Allerdings war es sehr windig und der Heimweg somit deutlich beschwerlicher. Wir mussten teilweise über das freie Feld fahren. Mitunter stürmte es dort manchmal, während Zuhause davon kaum etwas spürbar war. Wir mussten an den Lagerhallen vorbei, in denen Bauer Broicher seine Pflanzen und Tiere lagerte. Weniger als eine Minute Fahrzeit und wir fuhren unfreiwillig an seiner Scheune und dem Produktionsgelände dieses Landwirtes vorbei. Grauer Beton, wohin man schaute und je näher wir an dieses Gelände heranfuhren, umso schlimmer wurde der teilweise beißende Gestank. An der zur Straße angrenzenden Wand einer recht großen Halle, waren außen riesige Propeller angebracht, die großen Lärm verursachten. Sie beförderten die Innenluft der Halle nach außen. Jeder, der an diesen Propellern vorbei musste, egal ob mit Fahrrad oder zu Fuß, konnte sich vorstellen, welch schlimme Zustände innerhalb dieser Halle herrschen mussten. Je nachdem woher der Wind kam, erreichte uns früher oder später der bestialische Gestank. Intensiv, oder im besten Fall bereits vom Winde durchmischt. An windstillen Tagen nahm ich etwa 20 Sekunden vor den Propellern tief Luft und hielt sie für mindestens 30 Sekunden an. Während dieser Zeit konnte mich Tobias fragen was er wollte. Ich antwortete nicht. Ich konnte nicht antworten. »Samu..... hast du heute Nils beobachtet. Er ist auf dem Fußballfeld ausgerutscht und war an der rechten Seite voll mit Schlamm.«, rief Tobias und lachte. Ich gab keine Antwort. Es war typisch für Tobias, sich darüber noch nach Stunden lustig zu machen. Hielt ich die Luft nicht an, wurde es mir speiübel. Am heutigen Tag aber war der Wind so stark, dass er den Gestank etwas dämpfte. Jetzt mussten wir noch am Kindergarten und an der Endhaltestelle der Straßenbahnlinie 7 vorbei. Wir fuhren an Franks Haus vorbei und radelten weiter. Warum hatten wir in der Schule nicht auf ihn gewartet? Oder wollte er nicht mitkommen, weil Tobias dabei war? Es gab zwar nettere Jungs, doch daran konnte es nicht liegen. Ich würde ihn morgen fragen, ob er mit uns fahren möchte.

Wir mussten der Straße einige Zeit folgen, bis sie sich in einen Weg verwandelte, der entlang des Feldes vorbeiführte. Links schauten wir auf einen Acker von Broicher, zur rechten Seite war die Bahnlinie und dahinter weitere stinkende Felder. »Gülle«, sagte meine Mutter wenn sie den Namen *Broicher* hörte. Für sie war er der Gülle-Bauer. Und auch an diesem Tag zog er auf der Feldfläche, die er bewirtschaftete, an seinem Traktor einen großen Tank hinter sich her. Daraus versprühte er in großen Fontänen ein aus der Entfernung braun und grün schimmerndes Gebräu. Es roch so wie es aussah. Nein, anders. Es stank so, wie der Bauer aussah. Ekelhaft! Seine stinkende Scheune mit den Ventilatoren hatten wir überstanden, doch verfolgte er uns mit seinen stinkenden Gülle-Fässern bis hierher. Wie konnte ich es trainieren, die Luft deutlich länger als nur 30 Sekunden anzuhalten? Gab es die Möglichkeit, ganze fünf Minuten mit dem Atmen aufzuhören? Ich zweifelte daran. Nicht, dass ich womöglich wegen dieses Landwirtes ersticken und vom Fahrrad fallen würde. Glücklicherweise mussten wir bis zum Irisweg jetzt noch etwa 300 Meter zurücklegen. Das war die Straße, in der ich wohnte. Wir näherten uns ihr und mit jedem Meter lies der belästigende Geruch nach. Nur selten mussten wir sogar bei uns im Irisweg die Fenster schließen, wenn Broicher sein Unwesen auf den Feldern trieb. Ich schob mein Fahrrad in die Einfahrt und schloss es ab. Tobias fuhr noch zwei Straßen weiter. Jetzt freute ich mich auf meine Mutter und das Mittagessen.

Kapitel 2 – Darf ich vorstellen

Neben der Eingangstür unseres Hauses, glänzten die Buchstaben unseres Familiennamens. *B – A – N – I*. Mein Vater bohrte die vier goldenen Buchstaben in die Hauswand. Meine Tante fand sie hässlich. Mama freute sich, als ich zur Tür hineinkam. Wie immer empfing sie mich mit einem »Hallo Samu. Na, wie war es in der Schule? Hast du Hunger?«

»Geht so. Ganz gut!«, sagte ich und schaute dabei auf den Herd und die Töpfe.

»Was gibt es heute zu Mittag?«

»Ich habe Rosenkohl mit Roulade und Kartoffeln gemacht. Dazu gibt es ein schönes braunes Sößchen.« Bei Mama waren die Soßen immer *schön*. Neben *Sößchen* gab es auch *Röschen*, ein *Zimmerchen*, ein *Kartöffelchen*, ein *Schnittchen*, ein *Höschen*, ein *Schokolädchen*, ein *Bäumchen*, ein *Bienchen* und so weiter. Hauptsache es endete alles auf *-chen*.

»Mama, musst du denn wieder *Sößchen* sagen? Frau Bergenwald sagt so etwas nie. Sie nennt die Sachen wie sie heißen. Eine Soße, ist eine Soße.« Doch dieses Wort *Sößchen* bedeutete für mich auch, dass es sehr bald etwas besonders Leckeres zu knuspern gab. Mama konnte extrem gut kochen. Egal, ob es meine Lieblingsspeise Pizza war, oder Gulasch, oder Pommes mit Currywurst, oder Möhren mit Kartoffeln untereinander, oder asiatisch, oder arabisch, oder Nudeln mit Spaghetti Bolognese. Auch der Nachtisch war eine echte Sensation. Selbst das Spritzgebäck an Weihnachten konnte kein einziger Bäcker und keine andere Mutter übertrumpfen. Zur Weihnachtszeit nahm ich manchmal einige Plätzchen mit in die Schule. Oh nein, noch ein Wort mit -*chen*. Gab es auch Plätzchen ohne -*chen*? Wäre deren Bezeichnung dann *Platz*? Gab es auch Keks-chen? Wie auch immer, mit diesem Gebäck konnte ich bei Brottausch in der Schulpause endlich angeben und selbstverständlich waren alle Mitschüler- und schülerinnen ganz wild darauf, eines der wenigen Plätzchen zu ergattern. Selbst Daniel fragte mich in der Pause danach:

»Samu, deine Mutter ist echt voll genial. Gibst du mir noch ein Plätzchen? Bitte! Und noch ein Zweites, das ich Mutter mitbringen kann. Sie wird bestimmt so begeistert sein, dass sie bei deiner Mutter noch mehr davon bestellt. Ist deine Mutter Bäckerin?« Leider hatte ich in der Schule oftmals selbst nur wenige Plätzchen für mich übrig. Egal, das war es mir Wert.

In etwa 15 Minuten würden die Kartoffeln fertig sein. Mama wünschte sich, dass ich mir etwas Anderes anziehen sollte. Ich ging in mein Zimmer und durchforstete meinen Kleiderschrank. Er war von Mama ordentlich eingeräumt und roch frisch nach Waschmittel. Auch ich bemühte mich ordentlich zu sein. Ich hatte mir einige Male vorgestellt, dass *Der Weiße Riese* nicht weit entfernt sein konnte, da er uns offensichtlich immer nah blieb und für Ordnung sorgte. In meiner Fantasie hatte ich in unserem Garten eine niemals endende Wäscheleine vor Augen und daran hängend war alles weißer, als der weißeste Schnee. Wir mussten aufpassen, dass die Wäsche wegen des Windes nicht zu den angrenzenden Nachbarn in den Garten flog. Wir wohnten in einer Doppelhaushälfte, zwischen zwei sehr netten Familien. Den Haferleins und den Borschs, die ebenfalls Kinder in meinem Alter hatten. Direkt angrenzend waren die Borschs, mit den Kindern Julia und Cornelia. Sie hatten einen Fischteich, doch leider keine Haustiere. Unsere *Mieze* war nicht flink und clever genug, sich an deren Goldfische heran zu wagen und sie zu erbeuten. Herr Borsch hatte im Spaß gesagt, unserer Mieze etwas nach-zuwerfen, sollte sie sich zu nahe an die Fische heran wagen. Er war ein sehr netter Mann, der sich permanent räusperte. Mich interessierte es aber nicht, welche Töne er von sich gab. Hauptsache er war friedlich und würde unsere Katze gut behandeln. Meine Mutter war anderer Meinung. Wenn sie auf der Terrasse saß und die Borschs nebenan, verdrehte sie oftmals die Augen und flüsterte:

»Ich halte es langsam nicht mehr aus, dieses Röcheln und Hüsteln von ihm. Frau Borsch tut mir wirklich leid. Unsere Tante Anna hat doch gegen Husten immer diese Pfefferminz Bonbons, wenn sie in der Kirche ist. Samu, kannst du sie mal danach fragen?«

Wir hatten unsere Tante Anna. Die alte Dame wohnte unterm Dach und war eine ganz besondere Tante.

»Ich habe jetzt keine Lust bis unter das Dach zu Tante Anna zu laufen? Wegen Bonbons! Und was sagst du Herrn Borsch? Dass er dich nervt und du ihm deshalb Bonbons von unserer Tante gibst?«

»Ach Samu, du bist doch noch jung und kannst die Treppen laufen...«, antwortete Mama und ich unterbrach sie sofort.

»Mama, hör bitte mit diesem ich bin jung und kann überall hingeschickt werden Gerede auf. Das nervt mich noch mehr als Herr Borsch dich.« Und mit diesen Wor-ten lief ich auf die Wiese und legte mich in die Hänge-matte an der Korkenzieherweide. Wenn Tante Anna auf der Terrasse war, zeigte sie unseren Nachbarn, wer das Sagen hatte. Ich erlebte es nicht selten, dass sie um die

Mauer herum, oder über die Zäune zu den Nachbarn starrte. Sie kontrollierte sie nicht weniger intensiv wie eine Kamera und glaubte sich perfekt versteckt. Doch wer Augen im Kopf hatte, musste sie sehen. Unsere Nachbarn waren nicht blind. Stefanie und Nils Haferlein erschraken oft, obwohl sie die glotzende Tante bereits seit einigen Jahren kannten. Manchmal verwickelte sie die Nachbarn in eigenartige Gespräche. Sowohl die Haferleins, als auch Familie Borsch berichteten unseren Eltern davon. Ich wurde mehre Male Zeuge. Sie steckte ihren Kopf zwischen zwei Büsche und rief:

»Hallo? Hallo?«, wobei das zweite *Hallo* stark in die Länge gezogen war. Herr Haferlein reagierte sehr freundlich und ging auf sie ein:

»Frau Künner. Guten Tag. Geht es ihnen gut?« *Künner* war der Mädchenname meiner Tante.

»Ja, danke schön«, rief sie durch die Büsche. »Ich möchte gerne von ihnen wissen, ob sie katholisch sind«, fragte sie vollen Ernstes.

»Ja, die ganze Familie ist katholisch. Warum fragen sie?«

»Gehen sie auch regelmäßig in die Kirche? Hoffentlich gehen sie regelmäßig in die Kirche.«, sagte sie mit Nachdruck. Er wurde nun etwas unsicher:

»Naja Frau Künner, meine Frau und ich müssen viel arbeiten und haben nicht so viel Zeit dafür.«

»Ja? Nein?«, rief sie etwas verstört.

Die Frage blieb kurz im Raum stehen.

»Ich sehe ihre Frau aber sehr oft schon mittags auf der Terrasse.« In diesem Moment gesellte sich Mama zu ihr und unterbrach das Gespräch. An einem anderen Tag, so berichtete unsere Nachbarin Frau Borsch, fragte Tante Anna, ob sie ihre Kinder getauft hätte. Frau Borsch nannte unsere Tante *echt schräg* und amüsierte sich sehr über sie. Um sie abzuschrecken, musste unsere Überwachungs-Tante nur laut und freundlich begrüßt werden. Damit verging ihr anscheinend die Lust und sie zog sich zurück. Unvergesslich war eines Tages ein Moment, in dem Tantchen und ich auf der Wiese waren. Bei den Borschs gab es hektisches Gerede. Mitunter wurde es lauter und die kleine Cornelia weinte.

»Hey, hey, hey.... was ist denn da los?«, schaltete sich Tante Anna lautstark ein. Keine Antwort. Sie lugte erneut zu den Borschs hinüber: »Sind sie bös?«, fragte sie vorsichtig. »Ich habe alles mitgehört und...«, Herr Borsch unterbrach sie.

»Nein, Frau Künnert. Wir hatten nur einen kleinen Streit. Kommt ja in den besten Familienkreisen vor.«, sagte er freundlich, allerdings mit jeder Menge Nachdruck.

»Ja, das kenne ich auch. Hier bei uns ist es auch nicht immer ruhig. Ich will ihnen mal was sagen. Eines dürfen sie nicht vergessen. Der heilige Gott wacht über uns und hört jedes Wort. Glauben sie mir!« Über Tante Anna hätte man einen Roman schreiben können. Ich wusste nicht viel über sie. Mama und meine Schwestern erzählten kaum von ihrer Vergangenheit. Apropos Schwestern. Ich hatte zwei Exemplare davon. Beide waren älter. Die Eine sieben Jahre und mit ihr hatte ich nur wenig Ärger. Insgesamt mochte ich sie sehr gerne. Meine andere Schwester war nur zweieinhalb Jahre älter und ich fand sie meistens einfach nur ätzend. Sie bildete sich ein erwachsen zu sein und schnitt mich auf jede denkbare Art und Weise.

Als ich mich umziehen wollte und meine Hose auszog, bemerkte ich, dass ich wieder einen Klebfleck am Hosenbein hatte. Mama hatte ihn sicherlich nicht bemerkt, oder sie wollte mich nicht darauf ansprechen. Ich schaffte es einfach nicht. Ich war nicht in der Lage aufzupassen und dafür zu sorgen, sauber und ohne Flecken heim zu kommen. Ich sollte besser auch die Hose wechseln, obwohl Mama nur den Pullover meinte. Mir wäre es egal gewesen, mit einem Klebefleck auf der Hose Mittag zu essen und später Hausaufgaben zu machen. Es machte keinen Sinn, die Hose zu wechseln. Ich würde ja gleich zu Frank gehen und mit ihm am Fahrrad herumwerkeln. Dabei würden mit Sicherheit Ölflecken auf die Hose gelangen. Somit wären bereits zwei Hosen versaut. Ich ging ins Bad und versuchte die Klebeflecken selbst zu entfernen. Es lag eine Handbürste auf dem Waschbecken, mit der man zusammen mit Seife normalerweise die dunklen Reste unter den Fingernägeln beseitigte. Ich versuchte mein Glück. Die Mühe war umsonst. Der Kleber blieb an der gleichen Stelle. Mama war über die Flecken kaum verwundert. Ich wollte ihr bei der Entfernung der Flecken helfen. Sie bestand zunächst darauf sie selbst zu entfernen und zeigte danach auf das Treppenhaus. Im Keller würde ich einen sogenannten *Fleckenteufel* finden. Sie beschrieb kurz, wo er sich befände. Ich sollte den mit der Aufschrift *Kleber* holen. Danach wollte sie mir erklären, wie er zu benutzen sei.

Der Keller war nicht mein liebster Ort in diesem Haus. Im Gegenteil. Am schlimmsten fand ich die Treppenstufen. Zwischen jeweils zwei Stufen konnte man hindurchschauen. Ich hätte ohne Weiteres auf jeder Stufe von einer unsichtbaren Hand festgehalten werden können. Die Hand wäre bestimmt kreideweiß und eiskalt. Sie käme aus dem Nichts und würde nicht mehr loslassen. Ich wusste nicht, wie meine Schwestern auf diese Idee kam. Warum sollte sich so ein komisches Horrording ausgerechnet bei uns im Keller aufhalten? Doch genau das war ja das Rätselhafte. Auch bei den *Drei ???* hörte man von solchen Fällen. Und obwohl mir meine Eltern beteuerten, dass es solche Wesen nicht gäbe, glaubte ich zur Sicherheit dem Detektiv Justus von den *Drei ???*. Ich war nicht davon überzeugt, dass es sich bei ihm um reine Fantasie handelte. Was wäre, wenn sich vielleicht doch ein Fünkchen Wahrheit in den Geschichten der *Drei ???* wiederfinden würde? Vielleicht würde dieses Wesen mit den eiskalten Händen, genau in diesem Moment im Keller darauf warten, mir zwischen die Beine zu greifen. Es würde mich wahrscheinlich sofort in eine andere Welt ziehen. Selbst meine Mutter wäre ratlos und stellte sich die Frage, warum ich nicht mehr aus dem Keller zurückkommen würde. Es wäre das große Geheimnis in der Blumensiedlung und würde vermutlich in der ganzen Welt bekannt werden. Den Namen Samu Bani könnte man sehr bald im Duden finden.

»Ein zehnjähriger Junge aus Deutschland. Verschwunden, ohne eine Spur zu hinterlassen. Ein mysteriöses, geisterhaftes Ereignis. In diesem Zusammenhang wird von der eiskalten, weißen Hand berichtet.«

Während ich mir dieses Horrorszenario vorstellte, bemerkte ich nicht, dass ich bereits im Vorratsraum angekommen war und vor einem Regal stand. Der Vorratsraum war mir dann wieder sehr recht. Es gab hier leckere Sachen zu knuspern. So nannte meine liebe Tante Anna es immer, wenn sie für uns kochte und uns zum *Knuspern* in ihre Dachwohnung einlud. Jedenfalls sah ich hier im Vorratsraum Gemüse und Früchte, die mein Vater meistens in großen Mengen auf dem Markt einkaufte. Er sagte, es sei in großen Mengen alles deutlich billiger. Teilweise war der Vorratsraum derart überfüllt, dass meine Eltern sich deshalb in den Haaren lagen.

»Wie kannst du nur jede Woche diese Unmengen mitbringen? Das können wir niemals alles essen und mehr als die Hälfte landet jedes Mal im Müll.« Außerdem beklagte meine Mutter sich über unzählige Fruchtfliegen, die sich in den Obstmassen entwickelten. Es geschah nicht selten und mein Vater fragte bei den Nachbarn an, um einen Teil der Äpfel, Birnen, Salate, Orangen und vieles mehr loszuwerden. Ich konnte mir vorstellen, dass wir für Papas Großeinkäufe bereits in der ganzen Straße bekannt waren. Mein Vater war der persönliche Lebensmittellieferant der Nachbarschaft. Eines Tages fragte ich ihn, was ihm die Nachbarn bezahlten und er schüttelte sofort den Kopf. Er sagte, er wolle von ihnen nichts haben und gebe es ihnen kostenlos. Was ich bis heute nicht verstehe. Warum kaufte er große Mengen, um dabei zu sparen, wenn er am Ende die Hälfte verschenkte? Ich fragte ihn und Papa gab mir eine der affigsten Antworten überhaupt:

»Samu, das wirst du verstehen, wenn du älter und erwachsen bist.«

»Wieso muss ich denn erwachsen werden, um mir erklären zu können, warum wir alles verschenken oder wegwerfen?«, bat ich ihn um eine Antwort. Diese ist er mir bis heute schuldig. Egal, ich hatte die Logik offensichtlich nicht verstanden.

Über den Bier- und Weinflaschen sah ich Süßigkeiten, an die ich nicht heranreichte. Das war Absicht meiner Eltern, oder meine Schwester Jasmin war aus Bosheit dafür verantwortlich. Das Regal in der Ecke war voller Haushaltssachen und genau an dieses Regal durfte ich ohne die Zustimmung meiner Eltern nicht heran. Dort befanden sich angeblich gesundheitsgefährdende Dinge. Ein *Fleckenteufel* gehörte dazu. Ich öffnete die dritte Schublade von unten, durchforstete sie und fand auf Anhieb den Fleckenentferner. Es gab nun ein Problem. Den Abstieg in den Keller hatte ich zwar ohne eine Berührung mit der kalten weißen Hand geschafft. Doch nun könnte der Rückweg gefährlich werden. Vielleicht schlief die Kreatur zunächst und als ich vor wenigen Minuten die Treppe herunter schlich, weckte ich sie mit meinen Schritten. Nun war sie wach und wartete darauf, nach einem Bein zu greifen. Im beleuchteten Flur konnte ich überblicken und absehen, was auf mich zukam. Dementsprechend war die Gefahr nur sehr gering. Auf dem Weg nach oben sah ich den Bereich unter den Treppenstufen nicht mehr, und da hätte es passieren können. Die Dunkelheit war mein Feind und wäre Schuld an einem schrecklichen Dilemma.

Ohne einen Kratzer erreichte ich die Küche und präsentierte den *Fleckenteufel*. Ich sollte vorlesen, wie der Fleckenentferner anzuwenden war. *Die Flüssigkeit vorsichtig auf den Fleck tröpfeln, kurz einwirken lassen und danach mit einem Tuch abtupfen. Anschließend geben Sie das Kleidungsstück in die Wäsche.«* Ich stolperte *über das Wort abtupfen.*

»Gut!«, sagte Mama.

»Aber womit soll ich denn den Fleck abtupfen?«, fragte ich. Sie bedauerte es und schickte mich, um das Reinigungstuch aus dem Vorratsraum zu holen. Ich schaute sie an und konnte ihr diesen Fehler niemals verzeihen. Wegen ihr musste ich nun noch einmal den Todesweg in den Keller antreten.

»Ich hasse den Keller!«, fegte ich ihr ins Gesicht.

»Was soll dir denn passieren? Du glaubst doch nicht wirklich an diese kalte, weiße Hand? Samu, so etwas hat es noch nie gegeben und in unserem Treppenhaus gibt es solche Wesen nicht. Warum sollte ausgerechnet in Zündorf, bei den Banis im Keller, ein Monster mit einer eiskalten Hand sitzen, die dich irgendwohin ziehen will? Kannst du mir das bitte erklären?«

»Es gibt solche Wesen und Geister. Ich habe oft davon gehört, Mama. Ich bräuchte etwas, womit man diese Wesen zerstören kann. Irgendeine Waffe. Kannst du jemand fragen?« Sie lachte laut und zeigte auf den Keller. Ich schien unmenschliches Glück zu haben. Zwei Minuten später saß ich neben ihr und machte was das Etikett auf der Flasche mir sagte. Eigentlich hätte ich danach wieder in den Keller gemusst. Ich hätte die Hose zur restlichen Wäsche in die Waschküche legen müssen. Ich legte sie auf die oberste Treppenstufe und ließ die Sache auf sich beruhen. In diesem Moment hörte ich einen Schlüssel im Schloss der Haustür und wusste genau wer es war. Um diese Zeit kam meistens meine Schwester Jasmin heim. Neben ihr stand außerdem ihre Freundin, Svenja. Das war ja vielleicht eine! Um genauer zu sein, war sie sehr lustig und eigenartig. Manchmal verkleideten sie und Jasmin sich und liefen beispielsweise als vermummte Türkinnen oder Zigeunerinnen über die Straße. Meine Mutter konnte sich vor lachen nicht mehr halten. Heute gab es allerdings keine Theateraufführung, was ich sehr bedauerte. Svenja grüßte mich sehr nett. Bei Jasmin reichte es höchstens für ein kaltes: »Hey Samu!«.

Mehr hatte sie nicht zu sagen. Macht nichts, denn mehr hätte ich sowieso nicht erwartet. Papa sagte immer, dass sie in der Pubertät sei und ich mir keine großen Gedanken machen sollte. Sie würde sehr bald ihr Verhalten ändern und mich toll finden. Was er nicht bedachte, ich war nur zweieinhalb Jahre jünger als sie. Das hieß nicht nur, dass sie bald ihr Verhalten ändern würde. Wenn zutraf was Papa vorhersagte, würde auch ich mich bald anders verhalten und womöglich so eine lächerlich Show

33

abziehen, wie sie es machte. Svenja hatte eine sehr merkwürdige Angewohnheit. Sie klimperte ständig mit ihren Augen. Ich hatte am Anfang die Vermutung, sie mache dies absichtlich. Doch ich hörte eines Tages wie sich Jasmin und Mama über Svenja unterhielten. Sie zwinkerte angeblich, ohne dass sie es beeinflussen konnte. Es war eine Angewohnheit. Ihre Mutter war deshalb sehr verzweifelt. Ich traf ihre Mutter Ramona schon oft auf der Straße und war jedes mal erschrocken. Sie war groß, sehr dick und hatte riesige Augen. Ihr Lachen war nicht so eines, wie ich es von den anderen Frauen aus der Nachbarschaft kannte. Wenn diese lachten, fühlte ich mich wohl. Als mir Svenjas Mutter zulächelte, hätte sie mir ebenso Mathematik erklären können. Ich fühlte mich in ihrer Nähe nicht wohl. Außerdem schaute sie selten zu mir, während sie mit mir sprach. Ihre Blicke schweiften nach links und rechts, hoch und runter. Fast so, als würde sie jemand suchen, oder Ausschau nach einem Spion halten, der sie verfolgte. Ich konnte mir sehr gut vorstellen, dass sie gejagt wurde. Sie musste eine Straftat vollbracht haben und tauchte nun unter. Ihre Familie war nur Tarnung. In Wahrheit gehörte sie zu einem großen Verbrecher-Verein. Eine komische Frau. Ein anderes Mal sah ich sie an Weihnachten in der Kirche. Meine Mutter war getauft und katholisch. Meine Tante Anna erwähnte dies in fast jedem Gespräch von sich selbst. Egal mit wem sie sprach, die Welt musste über ihren Glauben Bescheid wissen. Mein Vater ging nie mit in die Kirche. In seiner Religion gab es das Weihnachtsfest nicht. Er sollte mehrmals am Tag auf dem Boden knien und beten. Das tat er aber nicht. Hätte ich auch nicht gemacht.
Jedenfalls hatte ich das Gefühl, dass Svenjas Mutter auch deshalb in die Kirche ging, um sich zu tarnen und

abzutauchen. Sie hatte Kontakte zu sehr vielen Leuten. Auch vor der Weihnachtsmesse, vor der Kirche, beobachtete ich, dass sie niemand wirklich lange in die Augen schauen konnte. Ob sie eingeweihte Bekannte hatte, die von ihrer Flucht Bescheid wussten? Was geschehe, wenn sie von ihren Verfolgern entdeckt würde? Käme es etwa zu einer Schießerei? Vielleicht hatte Svenja Zuhause Gespräche ihrer Eltern mitgehört und wusste über alles Bescheid. Das machte sie nervös und deshalb war sie eine Augenzuckerin. Das Komischste war der Anblick ihres Vaters, wenn man ihn neben Svenjas Mutter sah. Hätten die beiden Kostüme an, gäben sie an Karneval zusammen auf einer Bühne ein komisches und lustiges Pärchen ab. Er war klein und dünn und hatte einen Bart. Er wirkte so, als versteckte er sich hinter seiner dicken Frau. Sollte sie nicht besser einen großen, kräftigen, starken und breiten Mann haben, hinter dem sie sich verstecken konnte? Er war genau das Gegenteil. Ich saß in der Kirche auf der Bank, ganz innen am Gang, direkt neben meiner Mutter, und drehte mich während der furchtbar langweiligen Messe mehrmals nach hinten. Es war unangenehm kalt. Hatte jemand die Kirchenheizung ausgeschaltet? Dafür war eine Strafe fällig. Ich sah Svenjas Vater neben seiner Frau sitzen. Ich lachte und meine Mutter stupste mich in die Seite. Immer wieder aufs Neue. Sie wusste, warum ich lachte und schmunzelte selbst. Auch sie fand diese Mischung aus ihm und ihr sehr lustig und flüsterte: »Samu, jetzt benimm dich und dreh dich nicht ständig zu den Föhringers um. Das wird mir langsam unangenehm.« Durch die Worte meiner Mutter, wurde für mich alles umso lustiger. Hoffentlich platzte es nicht bald aus mir heraus. Das geschah mir nicht selten. In den blödesten Momenten begann ich zu lachen. Und es war meistens an Zeitpunkten in einem

Gespräch, an denen Lachen überhaupt nicht angebracht war. In der Schule passierte mir das fast täglich.

Jasmin saß links neben Mama und drehte sich ebenfalls um. Als sie erfuhr, wen ich anschaute, konnte auch sie nicht mehr an sich halten. Wir grinsten uns an und waren für einige Sekunden echte Freunde. Vergessen war der Ärger untereinander. Noch verrückter waren aber folgende Momente. Während dieser Messe gab der Pfarrer immer wieder Anweisungen, sich von den Bänken zu erheben, um sich danach wieder zu setzen. Es war kalt, unbequem, meistens langweilig und nun musste man stehen. Wofür wurden wir bestraft? Sollte es nicht besser gemütlich sein?! Als ich jedoch sah wie witzig der Moment war, als Herr Jäger in wenigen Augenblicken aufrecht stand und seine Frau sichtliche Probleme hatte ihren breiten Po in die Höhe zu stemmen, hatte sich alles geändert.

»Samu, kann das sein, dass der Po von Frau Jäger so groß wie ihr ganzer Mann ist?«, hörte ich Jasmin flüstern. Jetzt fehlte nicht mehr viel. In unterdrückte jedes Grinsen und Schmunzeln. Dadurch wurde alles noch schlimmer. Ich hatte jetzt schon Mitleid mit unserer Mutter. Ich würde sie sehr bald in eine peinliche Situation bringen. Übrigens vergaß Frau Jäger, wenn es für sie anstrengend wurde, sich immerzu umzuschauen. Plötzlich wirkte sie verzweifelt und hilflos. Ich hatte den Eindruck, dass man ihr helfen müsse. Der Spaßfaktor erreichte an diesem Weihnachtsabend seinen Höhepunkt, durch ein Pärchen, das auf der anderen Seite des Hauptganges zwei Reihen vor uns saß und permanent falsch sang. Das komplette Weihnachtstheater war mittlerweile hervorragend gelungen. Nebenbei gesagt, die Kälte hätte ohnehin ein Einschlafen verhindert. Jasmin und ich platzten aus uns heraus. Zum Glück spielte gerade die

Orgel sehr laut. Unser lautes Gelächter ging fast unter. Mama bohrte ihre Finger in meinen Rücken.

Svenja war ein willkommener Gast und wir mussten beim Mittagessen herzhaft lachen. Bei meinen Bemerkungen schaute Jasmin mich wie gewohnt genervt an. Manchmal sogar, als sei ich ein ekliges Insekt. Svenja war nett und lachte mich an. Wäre sie doch nur meine Schwester gewesen. Wie sagte meine Mutter immer? »Man kann eben nicht alles haben.« Doch war es zu viel verlangt eine Schwester zu haben, mit der ich nicht nur in der Kirche Spaß hatte? Vielleicht sollten meine Schwester und ich mit Tante Anna in die Kirche gehen. Sie ging ohnehin jeden Sonntag dorthin und sie würde sich sicherlich freuen, uns dabei zu haben. Dort würde ich sie das erste Mal erleben, dass sie niemand wegen seines Glaubens ansprechen müsste, da sie umgeben von Gleichgesinnten war.
Svenja lobte das Essen. Wir waren uns alle einig. Meine Mutter hätte das Essen nicht besser zubereiten könne. Ich sagte noch, dass *niemand* es besser hätte machen können. Svenja lachte, Jasmin rollte mit ihren Augen. Blöde Kuh. Sie wahrscheinlich so etwas, was sie in mir vermutete. Ein nerviges Insekt. Mir fiel leider kein passendes ein. Meine Mutter wollte die Küche nicht alleine aufräumen, war von der Hausarbeit müde und wollte später etwas schlafen. Ich konnte sie zwar sehr gut verstehen, doch Haushaltssachen fand ich blöd. Trotzdem, wir halfen ihr in der Küche. Bevor ich zu Frank fahren durfte, musste ich meine Hausaufgaben machen und sie meiner Mutter vorlegen. Heute war deutsch und Mathe angesagt. Meine Mutter wusste in deutsch alles, doch sobald ich das Mathebuch öffnete, machte sie ein unerfreutes Gesicht. Textaufgaben! Ich glaube sie hasste sie

so sehr wie ich. Letztendlich konnte sie mir meistens helfen. Doch ausgerechnet an diesem Tag, ich hatte ja noch das Treffen mit Frank verabredet, verdunkelte sich allmählich nicht nur der spätherbstliche Himmel. Nicht mehr lange und die Dunkelheit mit allen Vampiren bräche herein. Auch über den Mathehausaufgaben hingen dicke dunkle Wolken. Frank und mir blieb nicht mehr viel Zeit, um uns mit den Fahrrädern zu vergnügen. Am Ende war ich verzweifelt und auch meine Mutter schimpfte über diese Matheaufgaben.

»So eine Scheiße«, rief ich gereizt und traurig. »Frau Bergenwald hat sie doch nicht mehr alle! Wer soll denn sowas können und wissen?«, fügte ich hinzu. Mutter blieb ruhig. Wir lösten die Aufgaben. Um ehrlich zu sein, löste Mama sie. Endlich durfte sie sich auf dem Sofa etwas ausruhen. Ich musste mich beeilen. Der Nachmittag war nur noch sehr kurz. Im Sommer hätten Frank und ich noch lange miteinander Spaß haben können. Ich hasste den Spätherbst und erst recht den Winter. Außer es schneite und die Landschaft wurde komplett weiß. Doch im Rheinland war das eine große Ausnahme. Ski fahren konnten wir bei uns in Köln vergessen. Deshalb wollte ich einen niemals endenden Frühling und Sommer. Ich nahm mir vor, als Erwachsener nicht mehr in Deutschland leben zu wollen. Ich wollte ganzjährig Sommer und Nachmittage, an denen man genug Zeit hatte, um etwas zu unternehmen. Zu allem Unglück wurde es kurz nach meinem Eintreffen bei meinem Freund Frank, nicht nur dunkel, es begann leicht zu regnen. Meine Tante sagte immer, es würde ganz *leise* regnen. In den Nachrichten kündigten sie in solchen Fällen *Sprühregen* an. Frau Wilmer war gegen unsere Idee, mit den Fahrrädern draußen unterwegs zu sein. Es blieb uns nichts anderes übrig, wir mussten unsere Pläne ändern.

Die Stimmung bei den Wilmers war komisch. Frau Wilmer war eigenartig. Bei jeden Besuch wirkte sie, als hätte sie zuvor eine schlimme Nachricht erhalten. In ihren Augen war kein Spaß und nichts Schönes. Sie wirkte angestrengt, müde und motzig. Ich konnte es kaum glauben. Sowohl sie, als auch Herr Wilmer und Franks Schwester, ähnelten sich sehr. Es war eine motzige Familie. Ich nannte sie *Familie Motzi*, wenn ich Mama und Papa von ihnen erzählte. Frank verhielt sich Zuhause ganz anders als in der Schule, oder wenn wir unterwegs waren. Eigenartige Dinge mussten bei den Wilmers passieren. Er war wesentlich ruhiger und sagte kaum etwas. Gab es vielleicht ein Geheimnis, wovon wir Kinder nichts wissen durften? Gab es etwa eine merkwürdige Gestalt im Keller? Um nichts in der Welt wäre ich jemals in deren Keller gegangen. Wahrscheinlich würde ich mich schon deshalb erschrecken, wenn Frau Motzi unter der Treppe säße.

Wir spielten zusammen Schiffe versenken. Frank hatte ein ganz modernes Spiel mit einer Elektronik und blinkenden Lämpchen. Vielleicht sollte ich mir das zu Weihnachten wünschen. Es gab bestimmt noch bessere Geschenke als Schiffe versenken. Ich hatte mehr Glück und schoss zufällig seine gesamte Schiffflotte ab. Glücksspiele waren toll. Ich gewann sehr häufig. Meistens hatte ich keine guten Verlierer an meiner Seite und so machte es nur halb soviel Spaß. Zwei Partien, in denen ich haushoch gewann, reichten mir und auch Frank hatte offensichtlich keine große Lust, ein weiteres Mal zu verlieren. Ich würde es nicht einsehen ihn gewinnen zu lassen und zu mogeln. Das fand ich vollkommen affig. In Zukunft sollten wir auf besseres Wetter und weniger Hausaufgaben hoffen. Frank schilderte mir, dass auch er sehr lange an diesen Hausaufgaben gesessen hätte. Angeblich half ihm seine Schwester. Ich fragte mich, wie lange Melanie wohl für die Aufgaben brauchte und ob ihre Mutter mit der langen Nase daran beteiligt war. Sehr gerne würde ich bei ihr Zuhause Mäuschen spielen und sie heimlich beobachten. Wer weiß, was wirklich bei ihr Zuhause geschah. Ich würde es niemals erfahren.

Am späteren Nachmittag schauten wir etwas im Fernsehen. Es war ganz witzig und so nahm der Tag doch noch eine gute Wendung. In diesen Momenten vor dem Fernseher lachte Frank so laut, wie ich es von ihm gewohnt war. Doch sowohl seine als auch meine Mutter gaben uns nur wenig Zeit für die Glotze. »Frank, kommt langsam zum Ende. Ihr sitzt viel zu lange vor der Flimmerkiste. Wann ist der Kram zu Ende?«, fragte Frau Wilmer auf ihre motzige Art.

»Nicht mehr lange, vielleicht noch ne viertel Stunde.«, antwortete Frank.

»Gut!«, war ihre Antwort. Selbst dieses eine Wort hörte sich nicht sehr freundlich an. Konnte diese Frau nicht lachen? In der Schule konnten die meisten Jungs mitreden, wenn man von einem Film, einer Serie, oder einer bestimmten Sendung erzählte. Jeder von uns durfte nur bestimmte Sendungen sehen. Nils, der große Junge mit den außerirdischen Eltern, hatte bestimmt ein aufregenderes Leben.

Was für ein mieses Wetter. Ich fand eigentlich fast jedes Wetter auf irgendeine Art und Weise gut. Immerhin brauchten Landwirte Regen, damit wir unsere leckeren Sachen knuspern konnten. Also gönnte ich jedem Landwirt, bis auf den stinkenden Broicher, so viel Regen wie er brauchte. Ganz uneigennützig war das freilich nicht. Wenn ich zum Himmel schaute, fühlte ich mich größer statt kleiner. Es war genial zu sehen, auf welche Art und

Weise Wolken entstanden und sich daraus teilweise echte Unwetter entwickelten. Ich hatte niemals Angst vor Gewittern. Viele Freunde aus meiner Schulklasse versteckten sich bei Blitz und Donner. Auch meinem Vater waren Gewitter ungeheuerlich. Meiner Mutter hingegen gefiel es, wenn es so richtig kräftig regnete und die Tropfen an die Fensterscheibe prasselten. Blitz und Donner nahm sie dafür gerne in Kauf.

Auf meinem dunklen und feuchten Weg nach Hause über das Feld, fluchte ich lautstark über den Wind. Ich schrie und sang das Lied von *Major Tom, Völlig losgelöst*. Ich stellte mir vor, so wie in meinen Träumen, einfach abheben zu können. Ich würde über das Haus der Wilmers fliegen und über der Lagerhalle von Broicher mehr als eintausend Seiten Papier mit der Aufschrift *Hier stinkt es. Broicher verschwinde und baue dir ein neues Lagerhaus* abwerfen. Immerhin schaffte ich es heute pünktlich nach Hause. 18:00 war die Sperrstunde. »Wenn du es nicht schaffen solltest, dann rufe bitte an.«,sagte Mama immer. Wenn mich die Eltern mancher Freunde einluden zum Abendessen zu bleiben, sprachen sie das telefonisch mit meiner Mutter ab. Meistens verlängerte Mama die Sperrstunde um eine weitere Stunde bis auf 19 Uhr. In den überwiegenden Fällen wollte ich jedoch nicht unbedingt länger bleiben. Ganz besonders nicht bei den Wilmers. Von denen wurde ich ohnehin erst einmal eingeladen. Sie hatten wohl gemerkt, dass ich mich nicht wohl fühlte. Selber schuld, wenn sie einen Packt mit dem Kellerwesen hatten. Ich war froh, wenn ich in unserer Küche das Brot und die Brötchen aß. Teilweise war das Abendessen in anderen Familien besser als unseres. Es gab viel mehr Auswahl. Dennoch fühlte ich mich überflüssig, wenn dort plötzlich gestritten wurde. Natürlich kannte ich das auch aus meiner Familie. Da wurde sogar sehr oft gestritten und diskutiert. Meine Eltern beispielsweise hatten manchmal den größten Krach, wegen des Kaminofens. So ein Blödsinn! Sie stritten nicht wegen des Ofens an sich, sondern ab welcher Temperatur er überhaupt eingeschaltet werden sollte. Es wurde darüber diskutiert, wie lange die Heizungswärme allein ausreichte, um für eine gemütliche Wärme zu sorgen. Meine Mutter war immer für etwa null Grad. Mein Vater wollte den Kamin anfeuern, sobald es kälter wurde. In diesem Punkt war ich immer auf Papas Seite. Ich konnte Mama nicht verstehen. Auch meine Schwestern waren für mehr Kaminhitze. Sie waren ohnehin echte Frostbeulen und saßen sogar bei voll angefeuertem Ofen im dicken Jogginganzug auf dem Sofa. Zu warm gab es für sie nicht. Meine Mutter war allerdings eine Schwitzerin. Nicht nur wenn sie das Essen etwas zu stark würzte, liefen ihr kleine Tröpfchen am Mundwinkel herunter. Auch im heißen Wohnzimmer zeichneten sich Tröpfchen auf der Stirn ab, während sie Erdnüsse knusperte. Wenn das Programm im Fernsehen gut war, bemerkte sie ihr eigenes Schwitzen nur selten. Wir umso öfter. Sie gab dann selten einen kurzen, bösen Kommentar über die zu hohe Raumtemperatur ab. War das Fernsehprogramm allerdings langweilig und oder der für sie schlimmste Moderator Mirko Schatz bewegte sich auf der Scheibe, meckerte sie nur. Über den heißen Raum, über den blöden Kaminofen, über diese lächerlichen Sendungen im Fernsehen und am Ende über den sich ständig über die Stirn wischenden Moderator Mirko Schatz. Sie fand es unangenehm, ihm dabei zusehen zu müssen. Dabei schwitzte sie doch mindestens genau so heftig. Vielleicht gab es bei ihm daheim immer nur scharfes Essen. Wäre meine Mutter mit diesem Mann verheiratet, so würde sie um die Wette schwitzen und nach jeder Fernsehsendung das Sofa neu beziehen. Tante Anna würde ihnen sicherlich raten, etwas von ihrem Weingeist zu trinken. Der würde angeblich gegen alles helfen.

Das Haus war voll. Meine Eltern, meine Schwestern und ich saßen zum Abendbrot am Küchentisch. Heute gab es Brötchen und dazu leckere Bockwürstchen mit Senf und Ketchup. Ich mochte Ketchup nur auf Pommes, Wurst nur mit Senf. Meine älteste Schwester Alex lachte mit meiner Mutter und sie machten sich über Jasmin lustig. Weder ich noch Jasmin konnten darüber lachen. Papa saß unbeteiligt am Tisch, lächelte dezent und wirkte müde. Während ich das zweite Würstchen knusperte und mit viel Freude bemerkte, dass viele Würstchen besser als nur eines waren, drehten sich plötzlich meine Schwestern zu mir. Alex sagte:

»Samu, du kannst ruhig so viele essen wie du magst. Denn du bist ja nicht dick! Du bist fett!« Gelächter unter meinen Schwestern. Meine Mutter sagte, dass ich mich nicht darüber ärgern und sie einfach schwätzen lassen sollte.

»Ihr seit ja total scheiße blöd! Ich kann doch nichts dafür.« Ich hatte wirklich ein wenig zu viel auf den Hüften und konnte nicht verstehen warum ich ohne Ende hätte essen können. Normal war das nicht. Hatten normale Menschen nicht eine Sperre im Magen, die sofort Alarm meldete, wenn er voll war!? Spätestens wenn der Magen voll war, sollte der Hunger weg sein. Es sah bei mir nicht so aus. Ich musste einen sehr großen Magen haben. Über diese Vorstellung amüsierte ich mich und meine Schwestern konnten mit dieser Reaktion nichts anfangen. Wahrscheinlich betrachteten sie mich als verwirrt und komplett bescheuert. Natürlich hätte ich sie genauso aufziehen können. Alex hasste ihre Haare und musste alle paar Wochen eine ganz starke Chemikalie in sie hinein schmieren. Wenn etwas davon die Kopfhaut oder die Stirn berührte, verfärbten sich diese Stellen rot und die Haut brannte schrecklich. Wenn sie fertig war, so empfand es Jasmin, rochen die Haare tagelang wie Bauer Broicher. Ich wusste, wie sehr sie darunter litt andere Haare zu haben, als die meisten ihrer Freundinnen. Mein Vater kam aus Jordanien und vererbte uns seine sehr krausen Haare. Fast so wie ein Neger. Ich fand Neger cool. Sie konnten super tanzen und singen und bekamen im Sommer keinen Sonnenbrand. Ich fand meine Haare auch blöd. In Jordanien würde ich darüber bestimmt nicht nachdenken. Auch Jasmin glättete ihre Haare. Allerdings nicht so häufig und so intensiv. Ich glaube sie verbrannte ihre Kopfhaut eher selten. Was für ein Glück für sie. Zusätzlich waren beide damit beschäftigt, irgendwelche Unreinheiten im Gesicht zu beseitigen. Was war denn überhaupt unrein? Ich konnte mit diesem Wort nichts anfangen und versuchte mir auszurechnen wie viele Stunden im Jahr sich für Glätten, Haut und Fingernägel addierten. Wahrscheinlich konnten sie innerhalb dieser Zeit eine Woche lang ins Kino gehen. Am besten wäre beides gleichzeitig, also ein Badezimmer im Kino.

Unsere liebe Tante Anna stattete uns einen Besuch ab. Wir wussten aber schon mindestens zwei Minuten vor ihrem Eintreffen in der Küche, dass sie bald in der Tür stand. Sie wohnte im obersten Stockwerk, also in der zweiten Etage. Weil sie schon über 80 Jahre alt war, brauchte sie für die 32 Stufen etwa 2 Minuten. Natürlich hatte ich die Stufen vor einiger Zeit gezählt. Jasmin und mich verband etwas. Wir foppten unsere alte Tante gerne ein wenig. Auch dieser Spaß würde nicht mehr lange auf sich warten lassen. *Klock, klock, klock, klock....,* schallte es durch das schmale Treppenhaus. Mit jedem Schritt erzeugte sie das unverkennbare Geräusch mit ihren Schuhabsätzen ,auf den einzelnen Holzstufen der Treppe. Ich zählte die Schritte und jedes Mal wusste ich, wann das letzte *Klock* erklang. Ich hatte richtig gezählt. Als sie unten angekommen war, untersuchte sie uns mit ihren Kameraaugen. Etwa so, wie sie es im Garten mit den Nachbarn machte.

»Ute, Schnute, Kasimir«, stellte sie jedes Mal fest und zeigte dabei mit ausgestrecktem Finger auf mich und meine Schwestern. Das waren damals die Zeichentrickfiguren zwischen den Werbeblöcken auf Kanal Zwei. Und nur, weil wir drei Kinder waren, betrachtete sie uns als eben diese drei Zeichentrickfiguren aus dem Fernsehen. Bei jeder anderen Person hätte ich das mehr als affig gefunden. Doch ihr gegenüber konnte ich nie böse sein. Sie schaute auf den Tisch und bemerkte wie lecker alles aussähe und wie toll Greta, meine Mutter hieß so mit Vornamen, alles eingedeckt hätte.

»Greta, du machst das alles perfekt. Ich hoffe ihr wisst zu schätzen, was eure Mutter jeden Tag auf den Tisch zaubert!« Meinen Vater ignorierte das Tantchen oft, doch an diesem Abend hatte sie ein wortloses Grinsen für ihn parat.

»Guten Abend Tante.«, sagte er und sprach weiter, »Möchtest du Dich auf meinen Platz setzen? Ich möchte jetzt sowieso die Nachrichten um acht schauen.«

»Nein, danke schön, ich habe schon gegessen.« Sie hielt noch ein wenig inne und lief meinem Vater ins Wohnzimmer hinterher. Die liebe Tante hatte oben unter dem Dach eine eigenständige kleine Wohnung, von etwa 35 Quadratmeter. Eine Dusche, eine Toilette und eine Küchenzeile. Manchmal kochte sie und lud uns ein. Wir waren froh, dass sie dies nicht sehr oft machte. Denn wir mussten jedes Mal sehr höflich schwindeln und ihr versichern, dass es sehr gut schmecke. Am schlimmsten waren ihre eigenen Kreationen. Wie sie darauf kam, konnte keiner verstehen. Mama machte oft gefüllte Paprika mit Hackfleisch und Reis. Unfassbar gut! Kein Wunder, dass ich zu viel auf den Rippen hatte. Meine Tante hielt es wohl für angemessen ihr Rezept zu *verfeinern*. Doch weit gefehlt. Anstelle des Hackfleisches nahm sie, ich möchte es kaum aussprechen, Leberwurst. Es ergab sich in der Paprikaschote nach dem Kochen eine schleimige Masse. Daraus entwickelte sich ein Geruch, der mir völlig unbekannt war. Am liebsten hätten wir damals das Haus komplett mit Raumdeo eingesprüht. Noch am nächsten Tag, als ich aus der Schule kam, wurde ich von diesem Geruch im Eingang erschlagen. Mich wunderte es nicht, dass Tante Anna es früher in ihrer Ausbildung nur zur Kaltmamsell geschafft hatte. Nachdem ich meinen Teller in die Spülmaschine räumte, folgte ich ihr ins Wohnzimmer und nahm neben meinem Vater Platz. Sie lief in der Mitte des Raumes beständig im Kreis und erinnerte mich an Dagobert Duck. Auch er lief während er nachdachte stundenlang im Kreis. Unter seinen Füßen zeichneten sich mit der Zeit tiefe Spuren ab. Manchmal gruben sich seine Füße in den Boden ein. Bei ihr war das freilich nicht so. Sie hatte ein Stofftaschentuch in ihrer Hand, die Arme auf ihrem Rücken verschränkt. Ihr persönliches Tempo erinnerte mich an die nahegelegene Eisenbahnstrecke, zu der man etwa 20 Minuten mit dem Fahrrad unterwegs war. Dort war eine Menge Verkehr. Sie war kein Hochgeschwindigkeitszug. Manchmal hörte man ein fernes, langsam herannahendes Rauschen und Dröhnen, bis zu uns nach Hause. Güterzüge mit unheimlich vielen und sehr schwer beladenen Wagons schlichen über die

Bahngleisen. Tante Anna war ein solcher Güterzug. Nur mit dem Unterschied, dass sie nicht alt und schwer beladen, sondern nur alt und nicht mehr so schnell war. Sie konnte stattdessen stundenlang spazieren gehen, ohne müde zu werden. Unglaublich. Jedenfalls drehte sich ein tonnenschwerer Güterzug in unserem Wohnzimmer im Kreis.

Nach dem Essen gingen meine Schwestern auf ihr Zimmer. Alex hörte Musik und Jasmin telefonierte stundenlang. *Duran, Duran* war Alex Lieblingsband. Sie hörte einen bestimmten Song auf und ab. *Wild boys. Wilde Jungs* hieß das übersetzt. Das Abendprogramm im Fernsehen war in den meisten Fällen nicht für mich geeignet. Erstens, weil meine Eltern gerne Krimis anschauten. Zum Zweiten, weil es für mich zu spät wurde. Heute war wieder ein solcher Abend und ich ging auf mein Zimmer. Ich hatte sie zwar schon mehrere Male angehört, doch ich wurde sie nie leid. Meine 23-teilige Sammlung an Pumuckl Kassetten. Ich fand den Rotkopf sensationell. Oftmals hörte ich die Geschichten nicht alleine und sowohl meine Schwestern, als auch meine Eltern, saßen im gleichen Raum und schmunzelten. Ich kaufte mir die Kassetten oft von meinem Taschengeld. Ich bekam ein gutes Taschengeld. Ich wusste nicht, wie viel meine Freunde bekamen. Aber ich bekam bestimmt mit am meisten. Unsere Tante war unheimlich großzügig. Meine Mutter sagte, dass sie ihnen sehr viel Geld für den Bau des Hauses gegeben hatte. Ich fand es sehr schade, dass sie keinen Mann hatte. Denn dieser wäre mein Großvater gewesen. Auch meine Großmutter, also ihre Schwester, hatte im Krieg ihren Mann verloren. Außerdem gab es ja noch das Problem mit der Leberwurst. So hatte ich wohl nur in Jordanien einen Onkel und sehr viele Tanten. Ich war erst einmal dort. Sie besuchten uns vor einigen Jahren in Deutschland. Daran konnte ich mich nicht erinnern. Ich war zu jung gewesen.

Ich drehte die Kassette um. Nun ging es mit der zweiten Hälfte der Pumuckl-Folge weiter. Darüber wurde ich sehr schläfrig, ich zog mich schnell um. Übrigens gab es bei den neuesten Kassettenspielern eine Funktion, die es der Kassette ermöglichte automatisch die Seite zu wechseln.

Das Zähneputzen fiel recht kurz aus. Als ich im Bett lag und beinahe einschlief, schaute meine Mutter kurz hinein. Wenn sie die Tür öffnete, schien Licht aus dem Treppenhaus ins Zimmer. Es blendete. Ich nahm es im Halbschlaf wahr. Es hatte für mich etwas Beruhigendes, wenn sie kurz reinschaute und flüsterte:

»Gute Nacht Samu, träum süß von Äpfeln und Gemüs.« Warum gerade Äpfel und Gemüse im Traum vorkommen sollten, war mir mehr als schleierhaft. Wenn sie von meinen Flugkünsten gewusst hätte, würde ihr abendliches *Gute Nacht* ganz anders ausfallen. Verrückt, denn ich träumte kein einziges Mal von Essen und schon gar nicht von Obst und Gemüse! Wenig später war es sehr still im Haus der Familie Bani. Alle fanden ihren Schlaf. Ich wachte jedoch fast jede Nacht auf und musste mich auf der Toilette erleichtern. Mama sagte, ich hätte eine ziemlich schwache Blase. Ich wünschte die Blase dafür zum Teufel. Immerhin schlief ich in dieser Nacht sehr schnell ein und träumte von großen Wolken, auf denen ich fliegen konnte. Ich träumte sehr oft vom Fliegen und wie stolz ich in dieser anderen Welt war. Vor allem wenn ich meinen Freunden und der Familie darin meine Fähigkeiten zeigte.

Kapitel 3 – Mein erster Brand

Die Schultage vergingen und der St. Martin Umzug fand endlich statt. Den Umzug in diesem Jahr würde ich niemals vergessen. Wie gewohnt versammelten sich Eltern und Kinder auf dem Schulhof. Es war bereits dunkel und alle warteten auf den heiligen St. Martin und sein sehr schönes Pferd. Die beiden sahen wunderschön zusammen aus. Auch ich wollte eines Tages wie ein Ritter die Hauptstraße entlang reiten, mit einem Gefolge, das Fackeln trug. Mir wurde es komisch, wenn ich daran dachte, dass der Tritt eines Pferdes, wenn er einen Menschen ungünstig erwischte, schlimme Verletzungen und sogar den Tod herbeiführen konnte. Daran musste ich sehr häufig denken. Nicht weit von unserer Blumenstraße entfernt, wohnte die Familie Herzbiss in der Lilienstraße. Ich musste grinsen, wenn ich an die Kinder dachte. Es waren insgesamt drei Mädchen. Besonders interessant fand ich die beiden jüngsten, die in meinem Alter waren. Christina und Franziska. Sie waren eineiige Zwillinge. Kaum jemand konnte sie auf Anhieb unterscheiden. Auf den ersten Blick sahen sie wie geklont aus. Ich weiß nicht wie, aber ich hatte keinerlei Probleme sie auseinanderzuhalten. Franziska sah für mich speziell aus. Christina hatte einen frecheren Gesichtsausdruck und Franziska war für mich die Ältere. Egal wem ich davon erzählte, keiner konnte es nachvollziehen, oder mir glauben. Letztendlich war der beste Beweis, dass ich immer Recht behielt. Egal was die beiden anhatten, ob es eine identische Hose, oder eine total einheitliche Jacke mit Schuhen war, sie konnten mich nicht hinters Licht führen. Doch was war das für eine Geschichte mit den Pferden und ihrer enormen Kraft. Meine Schwester Jasmin war mit der ältesten Tochter Susanne befreundet. Während Christina und Franziska nichts für Pferde übrig hatten, war Susanne eine gute Reiterin. Wie Jasmin eines Tages berichtete, war Susanne ein schrecklicher Reitunfall zugestoßen. Sie musste ausgeritten sein und sich dabei irgendwie in den Steigbügeln verknotet haben. Sie ritt angeblich sehr schnell und konnte sich nicht mehr auf dem Pferd halten. Dabei rutschte sie an der Seite herunter, blieb aber mit einem Bein an den verknoteten Schnallen hängen. Am Ende brach sie sich den Kiefer und dieses Bild konnte ich nicht vergessen. Zum Glück musste ich das nicht mit ansehen. Seit diesem Moment hatte ich einen großen Respekt vor Pferden. Jasmin sagte immer, Pferde seien Fluchttiere. Wenn man sich vor sie stellte, oder frontal auf sie zuschritt, war deren erste Reaktion die Flucht. Ich konnte mir das nicht vorstellen und war lieber vorsichtig. Warum sollte so ein riesiges Vieh vor einem kleinen Samu davonlaufen?!

Es war ziemlich kalt und verstärkt wurde das Ganze von einem böigen Wind. Immerhin regnete es nicht. Denn unsere Laternen waren aus Pappe und hätten nicht nass werden dürfen. Im letzten Jahr war das leider der Fall. Wir konnte dabei zusehen, wie die Farbe im Transparentpapier durch den Regen ausgewaschen wurde. Der Martinszug hinterließ eine farbige Spur auf der Straße. Langsam hatten sich die Klebenähte durch die Feuchtigkeit gelöst und alle meine Freunde waren sehr betrübt. Die ganze Arbeit im Vorfeld war umsonst gewesen. Dieses Jahr hatten wir Glück.

Von der Schule organisiert, wurden, so wie in jedem Jahr, große Kartons herangeschafft. So wie in jedem Jahr. Darin befanden sich dutzende Zuckerbrote, die unter allen Anwesenden verteilt wurden. Meine Mutter mochte dieses süße Zeug nicht und sogar mir was der Süßkram zu heftig. Für gewöhnlich konnte mir nie etwas zu süß sein. Meine Mutter fror, das sah ich ihr an. Während ich mich umschaute und mit Tobias Blödsinn machte, bemerkte ich seine Mutter. Sie war sehr nett und wiederum ganz anders, als alle anderen Mütter, die ich kannte. Sie war klein und zierlich und sprach ohne Punkt und Komma.

»Die kann mich vielleicht zutexten. Ihr fällt immer etwas Neues ein. Ich habe manchmal das Gefühl, sie erzählt einfach nur um zu erzählen, egal was.« Das hörte ich Mama eines Abends nach einem Besucht bei den Kalthaupts sagen. Die Kalthaupts kamen ursprünglich aus Norddeutschland. Genauer gesagt, wohnten sie früher an der Nordsee in Wilhelmshaven. Norddeutsch klang sehr lustig und ich konnte meistens alles ganz gut verstehen. Hin und wieder benutzte Frau Kalthaupt Worte, die mir völlig fremd waren. Tobias hatte großen Spaß daran, mir die Bedeutung zu erklären. Frau Kalthaupt schien nicht zu frieren. Vielleicht lag es daran, dass sie Regen, Kälte und starken Wind gewohnt war. Im Norden wehte ja angeblich immer ein kräftiger Wind. Wie wohl Tante Anna im Norden, bei diesem ständigen Wind, über die Straßen gelaufen wäre? Vermutlich würde sie ein doppeltes Haarnetz tragen. Ich wüsste zu gerne wie ein Mensch aus dem Norden, also beispielsweise Tobias Mutter, mit der Hitze im Sommer umgehen konnte. Ich hatte schon so manchen Sommertag bei Tobias und seiner Familie verbracht. Doch ich konnte mich nicht mehr daran erinnern, wie Familie

Kalthaupt mit heißen Temperaturen umging.

Dafür konnte ich mich nur zu gut an meine erste Übernachtung bei ihnen erinnern. Für mich kam diese Erfahrung auf Platz zwei, direkt nach der Leberwurst-Erfahrung mit Tante Annas Kochversuchen. Die Kalthaupts wohnten in einer recht kleinen Wohnung, im ersten Stock eines Mehrfamilienhauses. In Tobias Zimmer war neben den üblichen Sachen, wie Bett und Kleiderschrank, nicht mehr viel Raum. Ich übernachtete auf einer Matratze, die in der Mitte des Zimmers ausgebreitet war. Der Geruch in der Wohnung war anders, als in allen anderen Häusern und Wohnungen, in denen ich bisher zu Besuch war. Die Kalthaupts waren nett.

»Guten Morgen Samu, was magst du frühstücken?«, empfing mich Frau Kalthaupt nach meiner ersten Nacht in deren Wohnung.

»Ich mag sehr gerne Marmelade und Käse. Nutella darf ich nur selten essen.«

»Möchtest du ein Ei haben?« Ich überlegte und stimmte zu. Ich mochte Eier. Spiegelei, Rührei, weiches Ei und hartgekochtes Ei. Es gab nur eine Regel in unserer Familie, gegen die bei den Kalthaupts verstoßen wurde. Ich sage es nochmal. Ich konnte mich an kaum eine andere Situation in meinem Leben erinnern, die derart ekelhaft war. Ich schaute nach links auf Tobias Schwester Wiebke. Sie köpfte gerade ihr Ei. Da weitere Eierschalen auf ihrem Teller lagen, musste das ihr Zweites sein. Mir wurde es schlecht, und zwar wegen den darauffolgenden Momenten. Als Wiebke die obere Schale abnahm, ergoss sich daraus eine glibbrige Flüssigkeit. Sie lief auf den Teller. Mit ihren Fingern schaufelte Wiebke das Zeug nach und nach auf den Löffel und nahm es schwabbelnd in den Mund. Im anderen größeren Teil des Eis, erkannte ich das Eigelb. Es war nahezu roh. Neben dem Dotter erkannte ich einen längeren weißen Faden, der in der klaren Suppe schwamm. Ich konnte meinen Magen spüren. Viel konnte nicht in ihm sein, aber es war wohl noch genug, denn mir wurde es schlecht. Komischerweise konnte ich nicht wegschauen. Als Wiebke das Eigelb anstach, ergoss es sich auf ihren Löffel. Ein Teil davon floss auf den Teller. Das reichte mir, doch es kam noch schlimmer. Der gleiche Ablauf wiederholte sich zunächst bei Herrn Kalthaupt. Danach folgten seine Frau und Tobias. Mittendrin wurde mir mein Ei gereicht. Ich fühlte mich wie bei einem Ritual, in einem afrikanischen Stamm. Ich hoffte, ich müsse später nicht auch noch ein Opfer bringen.

»Entschuldigung, ich komme gleich wieder«, sagte ich mit letzter Kraft. Der Weg zur Toilette war in der kleinen Wohnung glücklicherweise nicht weit. Ich beugte mich über die Schüssel. Ohne diesen Anblick der letzten Minuten, bei Tisch mit den Kalthaupts, ließ die Übelkeit recht schnell nach. Ich überlegte nun, wie ich es schaffen konnte, weiterhin am Frühstück teilzunehmen. Ich würde wahrscheinlich ab diesem Tag in meinen Träumen von glibbernden Eiern verfolgt werden. Ich würde darin erwachen und in einem riesigen Fass voll Eiklar, Eidotter und einem Samenleiter vor mir hertreiben. Es wäre also so etwas wie ein Albtraum im Albtraum. Als ich an den Tisch zurückkehrte, war dieser Eier-Spuk beendet. Gott sei Dank! Mit unruhigen Händen nahm ich Brot aus dem Korb, schmierte Butter und Marmelade darauf.

»Ist alles okay, Samu?«, fragte Tobias. Sie blickten mich verwundert an. Für sie waren die letzten Minuten keine Folter. Sie frühstückten anscheinend immer so.

»Ja, nein... ich...äääh... also, ja.«, war meine ganz speziell Antwort.

Der Wind wurde kräftiger und wir hatten zeitweise echte Probleme, unsere Laterne zu halten. Wir waren umgeben von starken Männern in einer Lederkluft, die auf ihre Fackeln acht geben mussten. Die Flammen drohten manchmal ausgepustet zu werden. Durch den Wind flackerten sie permanent und vor allem Frauen mit langen Haaren mussten vorsichtig sein. Nicht auszudenken, wenn die Haare der Mütter oder meiner Schulfreundinnen, Feuer fingen. In unserem Badezimmer wurde ich vor einiger Zeit Zeuge, als Jasmins Haare in den heißen Föhn hineingesaugt wurden. Es roch wie Tante Annas Leberwurstessen und der Bauer Broicher zusammen. Der Marsch durch die abgesperrten Straßen ging los. Mit dem ersten Trompetenklang setzten wir uns in Bewegung. Eine ganze Kapelle begleitete das Pferd und den Reiter. Im letzten Jahr trug ein kleiner dicker Mann die Tuba. In diesem Jahr spielte eine lange dünne Person darauf. Ich konnte nicht recht erkennen, ob Mann oder Frau. Hoffentlich würde die Person bei dem Wind nicht das Gleichgewicht verlieren und auf ihre Musikerfreunde krachen. Sie schwankte manchmal stark und ich glaubte zu hören, dass sie sich dabei verspielte. Vielleicht konnte sie bei dem Wind nur noch schlecht in das Mundstück der Tuba blasen. Bei einem weiteren Windstoß glaubte ich gesehen zu haben, dass es gegen ihre Zähne gedrückt wurde. Arme Tubabläserin! Gespielt wurde natürlich das Lied vom St. Martin:

St. Maartin, sahankt Maaartin, sahankt Martin ritt durch Schnee uhund Wind, sein Roß das trug ihn fort geheschwind. Sankt Martin ritt mihit leichtem Mut, sahain Mantel deckt´ ihn waaarm uuund gut. Im Schnee saß, ihm Schnee saß, ihm Schnee da saß ein armeher Mann, hat Kleider nicht, hat Lumpehen an. Oh helft ihm doch ihin seiner Not, sohonst ist der bittre Froost seiin Tod!«

Dieser tolle Herr St. Martin zerschnitt seinen Mantel und gab einem armen Mann die Hälfte davon ab. Später wurde er durch seine guten Taten zum Bischof ernannt und der liebe Gott half ihm durch sein ganzes Leben. Ich liebte das Lied und war immer sauer, wenn mir der Text in der vierten Strophe nicht mehr einfiel. Doch da war ja noch meine Mutter, die bei allen Liedern sehr textsicher war. Sie war ein wandelndes Textbuch und sang laut mir. Wenn einer nicht mehr weiter wusste, beugte sie sich zu ihm oder ihr herüber, zeigte mit dem Finger auf sich selbst und sang laut heraus. Die anderen Mütter bewegten teilweise ihre Münder nicht. Ich fand das sehr schade. Gerade als ich mich trotz der Kälte wohl fühlte und durch das Singen und die Klänge der Kapelle nichts anderes um mich herum wahrnahm, blies der Wind so kräftig, dass die Kerze in meiner Laterne umkippte. In wenigen Sekunden brannte die komplette Laterne und der Holzstock kokelte am oberen Ende braun an. Das war es nun mit meiner Laterne, für die ich stundenlang ausgeschnitten und geklebt hatte. Ich schaute mich um. Die anderen Laternen waren teilweise auf den Boden gefallen, doch keine brannte. Ich war stinksauer und fluchte fast so laut wie die Kapelle zu hören war. Daraufhin schaute ich zur Tuba, die kurz stockte. Es war eine Frau, die ich nun erkennen konnte. Auch sie schaute grimmig. Tobias lachte höhnisch. Ich hasste ihn in diesen Momenten und wollte nicht mehr sein Freund sein. So ein Arsch! Am liebsten hätte ich nun auch seine Laterne brennen sehen wollen. Obwohl dieser Ärger ohnehin schon reichte, musste ich eine weitere Schlappe an diesem Abend hinnehmen. Meine abgebrannte Laterne war zwar nicht unbedingt die Schönste, dafür war das Schnittmuster für die Pappen, aus denen die Laternen zusammengesetzt waren, nicht gut genug. Im Vergleich zu all den anderen Laternen, war sie, was das Aussehen betraf, dennoch im obersten schönsten Drittel. Doch womit ich nun im weiteren Verlauf des Abends vorlieb nehmen musste, war für einen Samu aus der vierten Klasse eine Enttäuschung. An diesem Tag konnte die Schwester einer meiner Mitschülerinnen nicht am Martinszug teilnehmen. Ihr Magen hatte sich wohl bemerkbar gemacht und so war für sie die Freude an ihrer Laterne abgelaufen. In der dritten Klasse aber hatten die Mädchen Biene Maja Laternen gebastelt. Biene Maja? Und weil ihre Mutter ein so großes Mitleid mit mir und meiner abgebrannten Laterne hatte, drückte sie mir dieses Bastel-Ding in die Hand. Sehr nett. Und diese Biene? Sollte das wirklich eine Biene sein? Sie musste beim Pollensammeln auf einer Blüte abgestürzt sein und sich ihre Flügel verstaucht haben. Anders war es nicht zu erklären. Entweder das gute Mädchen war in Kunst eine null, oder sie hatte einen fehlerhaften Bastelbogen erwischt. Ich konnte in dieser Figur kein Honig-Insekt erkennen.

Der nächste Windstoß versuchte mir auch diese Laterne aus der Hand zu blasen. Das Innenlicht der Laterne bestand aus einer kleinen Glühlampe an einem dünnen Kabel, die hin und her schwenkte, sich drehte und dann einfach baumelte. Eigentlich sah dieses Konstrukt wie ein Klumpen aus Papier, Pappe, Transparentpapier und Kleber aus.7Am Martinsfeuer angekommen, hatte sich die Anzahl der noch funktionsfähigen Laternen stark verringert. Außerdem war der Wind so stark, dass wir in deutlich größerer Entfernung als anfangs geplant, dem Spektakel zuschauen durften. Das Feuer knackste laut.

Dicke Funken hoben ab und fielen erst weit entfernt, vom Wind getragen, als Staub zu Boden. Der Reiter stand inzwischen neben dem Pferd. St. Martin begann etwas zu erzählen und wenig später stimmten alle zur Musik ein. Es würde noch lange nicht der letzte Gesang des Tages sein. Freundlicherweise durfte ich dieses Bastelding nach dem Martinszug behalten. Ein Geschenk. Mama und ich bedankten uns bei ihr, bei der Mutter. Ich sollte meiner Mitschülerin das nächste Mal eine Kleinigkeit dafür geben, so hatte meine Mutter es angeordnet. Vielleicht sollten wir ihr diese Laterne wieder zurückgeben? Wäre das nicht für alle das Beste? Ich grinste.

Wieder war es soweit, dass wir, außer mir, mit unseren selbst gebastelten Laternen von Tür zu Tür zogen, immer die gleichen Lieder sangen und dafür mehr oder weniger fürstlich belohnt wurden. Es gab bestimmte Adressen, denen wir mit großer Hoffnung entgegensahen. Erfahrungsgemäß konnten wir dort die schönsten und prächtigsten Süßigkeiten ergattern, oder andere kleine Überraschungen. Die Blumensiedlung bestand aus sehr vielen Reihenhäusern. Darin wohnten fast immer auch Kinder. An St. Martin waren deshalb eine Horde kleiner Sänger und Sängerinnen unterwegs. An manchen Häusern staute es sich und es hätte besser eine ausgewiesene Warteschlange geben müssen. So wie im Freizeitpark. An diesem Abend reihten sich oftmals Kinder in eine Gruppe ein, ohne selbst gesungen zu haben. Natürlich machten sie manchmal trotzdem Beute. Eine zunehmende Anzahl der Hausbesitzer erkannte das falsche Spiel und schaute sehr kritisch und genau auf die jeweiligen Sänger und Sängerinnen. Ich hatte mich mit Tobias und Alexander niemals in eine andere Gruppe gedrängt. Das hatte ich nicht nötig. Alexander wohnte unweit von mir und Tobias entfernt. Er hatte einen jüngeren Bruder und wirklich große Eltern. Er selbst hatte, so behaupte ich einfach, eine durchschnittliche Größe, für Jungs in unserem Alter. Die Familie Feldstern wohnte in einem verklinkerten Haus, das in einem sehr hellen Gelb gestrichen war. Meine Mutter meinte, dass es sehr edel aussähe. Und auch die Inneneinrichtung war sehr hell und modern. Es war in diesem Haus so hell wie in der bekannten Margarine-Werbung. Die Feldsterns waren sehr nett und Frau Feldstern fragte fast immer, ob ich zum Essen bleiben könnte. In der Regel wollte ich das in anderen Familien nicht, doch bei Frau Feldstern konnte ich nicht nein sagen. Sie kochte hervorragend und zudem konnte ich von ihrer Lache nicht genug bekommen. Sie lachte sehr viel und oft. Im Gegensatz zu Franks Stimme, schallte ihre nicht durch das ganze Haus. Nein, sie war eine feine Mutter und gluckste, wenn sie lachte. Das Glucksen spornte mich an, deutlich mehr Witze als sonst zu machen, um sie immer und immer wieder dazu zu bringen, diese Laute von sich zu geben. Ich denke, dass Alexander es bemerkt hatte. Wenn es nach mir gegangen wäre, hätte ich sehr gerne ihr Lachen auf Kassette aufgenommen. Freilich war das nicht möglich. Oftmals dauerte so ein Mittagessen länger, als dass nur ein Teller geleert wurde. Nicht nur, weil sie gerne Nachschlag gab, Frau Feldstern hatte immer eine ganze Menge zu erzählen und zeigte uns die neuesten und tollsten Schränke und Gartenmöbel. Eigentlich, so dachte ich, interessierte mich so etwas nicht. Doch wie sollte ich das wissen. Zuhause setzten sich meine Eltern sehr selten mit uns Kindern zusammen und schmiedeten Einrichtungspläne. Bei uns ergab sich alles sehr spontan. Wenn es irgendwo ein Werbeangebot in der Zeitung gab, oder auf einem der zahlreichen Trödelmärkte günstige Dinge abzugrasen waren, schlugen meine Eltern sehr oft zu. Im Gegensatz zu den Feldsterns, gab es keinen einheitlichen Einrichtungsstil. Alles war kunterbunt zusammengetragen und sah meistens...naja...ganz okay aus. War es nicht möglich Angebote so zusammenzustellen, dass es so ähnlich wie bei den Feldsterns aussah? Am Ende waren die Nachmittage bei ihnen auch deshalb etwas Besonderes, weil ich mich dort wohler fühlte, als sonst wo. Ich erzählte Frau Feldstern von unserem Springbrunnen und dieser peinlichen Disco-Show, in unserem Garten. Und von Tante Annas Kommentar dazu. Ich erreichte, was ich wollte. Das Glucksen hörte nicht mehr auf und auch Alex kicherte vor sich hin. Sein Lachen war, im Vergleich zu dem seiner Mutter, höchstens ein lautes Geschrei einer launischen Katze.

In meiner Straße gab es die Familie Borsch, Haferlein, Paupa, Becker, Knörle, Bohma, Pavel, Hartmann, Leserhaus und Weich. Dort zeigten Alex, Tobias und ich als Erste unsere Sangeskünste. Wir beherrschten nicht mehr als vier Lieder. Dabei war eines davon so blöd, dass ich kurz davor war, nicht mehr mitzusingen. Tobias liebte das Lied mit dem Text:
Durch die Straßen auf und nieder, leuchten die Laternen wieder. Rote, gelbe, grüne, blaue, lieber Martin komm und schaue.«

Ich wusste nicht, ob es weitere Strophen dieses irrsinnigen Liedes gab. Gäbe es sie, wäre der Inhalt ganz sicher nicht besser. Trotzdem wurden, auch nach diesem Lied, unsere Tüten an allen Haustüren reichlich gefüllt. In meiner Straße wurde ich von den Nachbarn in ein Gespräch verwickelt:
»Und? Habt ihr heute schon viel eingesammelt?«, oder:

»Wo wart ihr denn schon überall? Habt ihr schon bei den Beckers vorgesungen?«

Das habe ich nie verstanden. Warum interessierte es manche Leute, ob wir schon bei einer bestimmten Familie waren? Frau Weich wollte jedes Jahr wissen, ob wir schon bei den Paupas waren, wie es bei ihnen aussah und was sie uns gaben. Gab es ein Wettrennen zwischen den Nachbarn? Nach dem Motto: Wer packt mehr in die Tüten und zeigt seine noch größere Großzügigkeit? Vielleicht hätten wir Fotos von ihnen und ihrem Eingang machen sollen. Vielleicht wäre eine beschriftete Tüte pro Haus mit dem jeweiligen Namen am besten, damit wir am Ende genau sehen konnten, wer was gegeben hatte. Ein Fernsehteam von Kanal eins hätte Aufnahmen vor jeder Haustür machen und die Eltern interviewen können. Ich fand das total lächerlich. Frau Weich hatte sich einige Male darüber beschwert, dass unsere Mietze auf ihr *Fensterbrettl* sprang und darauf *Dapsen* hinterließ. Mutter sagte, sie hätte einen schwäbischen Akzent. Ich fand ihn ganz lustig, aber auf Dauer hätte ich ihn nicht hören wollen. Außerdem war es bei den Weichs immer dunkel. Ich glaubte, sie mussten Strom sparen. Wirklich, ich konnte mir nicht erklären, aus welchem anderen Grund eine Familie im Spätherbst oder Winter so spät das Licht einschaltete. Und wenn sie das taten, sah man es durch die Fenster höchstens schwach glimmen. Meine Schwester sagte vor einiger Zeit, es gehe das Gerücht um, die Weichs seien Vampire. Sie scheuten das Licht. Daraufhin fragte ich sie, woher sie das wisse. Die Frage konnte sie mir nicht beantworten. Ein wenig mulmig war es mir schon, als wir vor deren Haustür standen. Ich war verwundert, denn es brannte Licht. Nicht viel, aber gerade so viel, um Frau Weich zu erkennen. Sie füllte unsere Tüte, schloss die

Tür, ohne sich von uns zu verabschieden, und löschte das Außenlicht. Das bedeutete in der Regel für alle Martinssänger- und sängerinnen, dass dort nichts mehr zu holen war. Das Eingangslicht wurde gelöscht. Jeder von uns erhielt zwei der praktischen und quadratischen mini-Schokoladetäfelchen. Sehr anständig. Im Nachbarhaus brannte noch Licht. Es war die Familie Leserhaus. Die Eltern waren beide Lehrer und er war der größte Mann, den ich jemals gesehen hatte. Zudem war er sehr dünn und eine warzenähnliche Verdickung hatte sich in sein Gesicht verirrt. Ich hörte auf der Straße sehr oft lautstarke Diskussionen, zwischen ihm und seiner Frau. Ich wusste nicht, wie laut Lehrer auch abseits der Schule schreien konnten. Wirklich beachtlich, dass sie sogar meine Eltern auf Platz zwei verwiesen. Vor unserem Auftritt wurde ein weniger schwieriges Lied vorgetragen und wir sangen nun zwei Strophen des Liedes *St. Martin*. Manchmal war ich selbst erstaunt, wie sauber ich singen konnte. Alex machte seinen Job auch gut, nur Tobias röchelte sich irgendwas zusammen. Die Leserhaus waren beide Musiklehrer. Bei ihr nahm ich Blockflötenunterricht. Es machte nur mäßig Spaß. Sie behauptete einmal meiner Mutter gegenüber, dass ich ein großes musikalisches Talent hätte. Sie hatte recht, doch meine Eltern förderten nicht mehr, als nur das Blockflötenspielen. Alles Andere sei zu teuer gewesen, so argumentierten meine Eltern. Ihre Kinder Susanne und Christoph waren wahrscheinlich ebenfalls singend unterwegs. Sie unterhielten sich mit uns und hatten genau 30 Sekunden Zeit, bevor die Konkurrenz sich näherte.

»Das habt ihr wirklich schön gemacht. Seid ihr zufrieden mit eurer bisherigen Beute?«

»Danke, das war ein wirklich guter Abend. Bisher hatten wir sehr viel Spaß und die Tüten sind gut gefüllt.«, antwortete Tobias.

»Letztes Jahr war nicht so gut«, fügte Alex hinzu.

»Sind Susanne und Christoph schon lange weg?«, hakte ich nach. Herr Leserhaus antwortete:

»Susanne ist oben in ihrem Zimmer und geht heute nicht singen.«

»Warum nicht?«, fragte ich verwundert. Frau Leserhaus schaltete sich lächelnd ein:

»Sie hatte heute einen schlechten Tag und war nicht sehr nett zu uns.

»Ich verstehe. Wir müssen weiter. Danke und schönen Abend.«

Susanne konnte tatsächlich sehr böse werden. Sie war grundsätzlich lustig, wusste viel, hatte tolle Ideen und spielte gern mit uns. Doch wenn sie böse wurde, fluchte sie wie der Teufel. Unsere Beute bei den Leserhaus war, wie erwartet, ein Apfel pro Person. Ich fand den Apfel lecker und aß ihn sofort. Alexander schien nicht sehr begeistert und Tobias gab mir seinen. Nach uns folgten sofort meine unmittelbaren Nachbarn, die links neben uns wohnten. Es waren die Kinder der Familie Haferlein. Haferleins hatten einen Sohn Nils, und eine Tochter Stefanie. Stefanie war etwa in meinem Alter und Nils vier Jahre jünger. Ich fand beide Klasse und wir spielten oft bei uns in der Straße ein Spiel namens Völkerball. Frau Haferlein hieß mit Vornamen Barbara. Auch sie war Lehrerin und bestand darauf, dass alle Spielzeuge für ihre Kinder aus Holz sein mussten. Die Holzeisenbahn fand ich toll. Wobei eine *Eisenbahn* sinngemäß eher aus Metall bestehen sollte. Herr Haferlein konnte sehr gut Gitarre spielen und zupfte daran, sobald wir ihn im Wohnzimmer antrafen. Meistens spielte er Songs von den *Beatles*. Das sei eine ganz erfolgreiche Band vor unserer Zeit gewesen, wiederholte er ein ums andere

Mal. Singen konnte er überhaupt nicht. Ich war mir sicher, dass er eigentlich Sänger hätte werden wollen. Stattdessen pfiff er dazu die Melodie des Liedes, das er auf der Gitarre begleitete. Ich fand das super und wollte immer eine Zugabe. Das ging ihm offensichtlich runter wie Öl. Frau Haferlein kam irgendwann dazu und veräppelte ihren Mann.

»Wolfgang, gibst du hier ein Konzert für die Kinder, oder wie lange willst du noch spielen? Kinder, habt ihr denn Eintritt dafür gezahlt?«, fragte sie mit einem Grinsen über das ganze Gesicht. Sie spielte gerne mit uns Karten und schaffte es sogar mir Canasta beizubringen. Meine Mutter wollte das nicht glauben, aber sie konnte sich selbst davon überzeugen, als Barbara meiner Mutter erzählte, dass ich eine Runde Canasta gegen sie gewonnen hätte. In der Gesamtsumme gewann sie fast immer. Doch bildete ich mir auf jeden Gewinn einer Runde mächtig was ein. Die Haferleins hatten, so wie die Borschs, einen Teich im Garten. Mieze schlich oftmals auch um ihren herum und glaubte einen der Goldfische erwischen zu können. Sie hatte nicht nur Pech. Wolfgang Haferlein, mein Vater nannte ihn Wolli und sie waren gut befreundet, verscheuchte Mieze regelmäßig und schimpfte mit ihr. Es dauerte nicht lange und meine Eltern legten ebenfalls einen Teich an. Ich war davon begeistert und half bei dem Bau mit. Ich war am Ausheben des großen Erdlochs und dem Auslegen der Plane beteiligt. Von Tag zu Tag nahm der Teich mehr Gestalt an und ich war richtig Stolz. Nun hatten wir etwas wirklich Schönes im Garten. Mama bemerkte mehrere Male, wie idyllisch es nun in unserem Garten sei. Als mein Vater schließlich einen Springbrunnen besorgte, war ich zunächst begeistert. Doch was daraus wurde, konnte ich nicht fassen. Der Springbrunnen stand auf dem Boden des Teiches und ragte bis oben hinaus. Dabei nahm er so viel Platz ein, dass die Fische ihn wahrscheinlich genauso hassten wie ich. Der Springbrunnen verfügte über einen extrem starken Lichtstrahler, der von unten heraus strahlte. Warum konnte mein Vater den Teich nicht einfach Teich sein lassen? Doch das war ihm nicht genug. Zur Krönung war im Wasser, an einem Scheinwerfer befestigt, eine sich drehende Scheibe in vielen verschiedenen Farben. Wenn sie sich drehte, erleuchtete der Scheinwerfer das Wasser in wechselnden unterschiedlichen Farben. Unser Garten leuchtete wie eine Discokugel und wenn es nicht so hässlich gewesen wäre, konnte man sich nur noch wundern und lachen. So wie Frau Feldstern, als ich ihr davon erzählte. Ich wollte von meiner Mutter wissen, warum sie denn gerade diesen Springbrunnen gekauft hatten und konnte die Antwort schon erahnen. Der Springbrunnen war ein Sonderangebot. Ein Sonderangebot, ein Sonderangebot, ein hässliches Sonderangebot. Würden meine Eltern sogar ein geblümtes Auto kaufen, das im Angebot war?

Am ersten Abend nach der Installation dieses Wasserspektakels, war unsere Tante mehr als verwundert. Sie betrat die Terrasse:

»Nanu, was soll das denn sein? Was hat dein Vater jetzt schon wieder angestellt?«, fragte sie Alex, während Papa auf einem Gartenstuhl saß und dem Springbrunnen bei seinem Farbenspiel zuschaute.

»Womit dürfen wir als nächstes rechnen?« Sie beantwortete sich die Frage unmittelbar selbst. »Ich schließe nicht aus, dass ab morgen Revuetänzerinnen erscheinen und aus eurer Terrasse eine Showbühne wird.« Daraufhin lachte sie und bemerkte beim Umherwandern auf der Terrasse, dass sie durch den Bau des Springbrunnens nun nicht mehr ungehindert die Borschs beobachten konnte. Der Springbrunnen war ihr nun im Weg.

»Der Springbrunnen muss weg«, flüsterte sie vor sich her. Sie hasste ihn, meine Schwestern hassten ihn, ich hasste ihn und die Fische sowieso.

Unsere Tour ging weiter durch den Rosenhügel. Svenja Föhringer, ihre dicke Mutter und ihr kleiner Papa wohnten unter anderem in dieser Straße. Es gab auch einen älteren Sohn. Meine Mutter erzählte Jasmin eines Tages, dass er der Schwarm aller Mädchen war. Jasmin reagierte nicht darauf. Natürlich war seine Mutter, Ramona Föhringer, darüber mehr als glücklich. Ich wusste nie, was sie über ihn dachte. Er hieß Daniel. Anschließend ging es weiter zum Salvienweg, gefolgt vom Tagetesweg mit dem *Notenhaus*. Unter diesem Namen war es unter uns Kindern in der Blumensiedlung in aller Munde. Es war ein freistehendes Haus mit einem riesigen Notenschlüssel an der Hauswand. Klingelten wir dort, gab es ein richtiges Orchester-Konzert, das man bis auf die Straße hörte. Wir klingelten dort manchmal, rannten schnell davon und versteckten uns auf der gegenüberliegenden Seite im Gebüsch, hinter Hauswänden oder Autos. Wir nannten das Klingelmäuschen. Eines bedachten wir jedoch nie. Nicht jeder Klingelstreich sollte ohne Konsequenzen bleiben. Die Hausbesitzer waren nicht unbedingt geduldig und das bekamen wir eines Tages zu spüren.

Weiter zum Fliederweg, in die Rosenstraße und am Ende in den Violaweg. Mir fiel plötzlich das wichtigste Haus überhaupt ein. Hoffentlich war die dort wohnende alte Dame noch in der Lage die Tür zu öffnen. Vermutlich belagerten sie im Laufe des Abends bereits so viele Kinder, dass sie an einem Punkt der Erschöpfung angelangt war. Die alte Dame hatte den klangvollen Namen

Lyzenkirchen. Wir klingelten, es dauerte nicht lange und sie öffnete die Tür. Sie schaute in unsere kleine Runde. Ihr Blick glitt schnell von Tobias mit seiner Laterne, über Alex mit seiner Laterne und weiter zu mir mit meinem Laternen-Klumpen. Sie schaute recht lange auf dieses Gebilde in meiner Hand. Ein Grinsen machte sich über ihrem Gesicht breit. Sie hatte ein nettes, rundes Gesicht mit großen Augen, die hinter einer sehr dicken Brille zum Vorschein kamen und sehr viele graue gelockte Haare. Ein Haarnetz, so wie bei Tante Anna, konnte ich bei ihr nicht entdecken.

»Na, das ist ja interessant!«, bemerkte sie beim Blick auf meinen Laternen-Klumpen. Ich konnte es kaum glauben. Auch Tobias und Alex begannen in diesem Moment zu lachen. Es war bestimmt die hässlichste Laterne von allen, dafür ganz sicher die witzigste.

Die alte Dame hatte vor vielen Jahren ihren Mann verabschieden müssen. Mama erzählte, dass er Herzprobleme hatte und daran verschied. Leider hatte sie keine Kinder. Sie hätten es bei ihr ganz bestimmt seht gut gehabt. Sie konnte von unserem St. Martin-Gesang nicht genug bekommen und forderte gleich mehrere Strophen. Sie war sehr großzügig und erinnerte mich auch deshalb an meine verehrte Tante Anna, die übrigens von den Kinderbesuchen an St. Martin nicht begeistert war. Sie schaute aus ihrem Dachfenster, spitzte die Lippen und schüttelte ihren Kopf. Darüber war ich mir ganz sicher. Nicht weil sie keine Kinder mochte. Ganz im Gegenteil. Sie sagte nur, dass ihr dieser *Aufruhr* zu viel war. Tante Anna war normalerweise sehr ruhig und erzählte nicht sonderlich viel. Sie besaß ein uraltes Radio mit Drehknöpfen. Der ihr wichtigste Gegenstand. Damit konnte man nicht nur die Lautstärke steuern. Hinter einem dünnen Glas befand sich ein senkrecht verlaufender breiter

Streifen, der sich, je nach dem in welche Richtung man den Knopf drehte, nach links oder rechts verschob. Auf einer Skala dahinter waren Zahlen aufgeschrieben, die die Frequenzen der Radiosender angaben. Sie suchte allerdings niemals nach unterschiedlichen Sendern, sie hatte immer nur den Einen eingestellt. Der sollte bleiben und nicht verändert werden. Am Sonntag lief in diesem Radio, das so groß wie ein kleiner Fernseher war, die Übertragung aus einer katholischen Kirchmesse. Meine Tante war ein wenig schwerhörig und so konnten wir die Kirchenmusik bis ins untere Treppenhaus wahrnehmen.

»Die Lautstärke ist gerade so an der Schmerzgrenze«, sagte meine Mutter häufig. Meinem Vater war das ziemlich egal. Er behauptete, die Musik von den Mädels, so nannte er meine Schwestern oftmals, sei noch lauter und auch ich würde manchmal Pumuckl hören, als sei ich taub.

Inzwischen waren wir beim dritten Lied angelangt und unsere Stimmen wurden etwas brüchig. Alexander hatte den Text aller Strophen des St. Martin Liedes zusammengefaltet in seiner Hosentasche, holte ihn heraus und blätterte langsam um. Eng gedrängt standen wir zusammen, um den Text zu erkennen. Es war bereits stockdunkel. Im Schein des Eingangslichtes konnten wir die einzelnen Sätze manchmal nur erahnen. Teilweise verstand ich selbst nicht mehr, welchen Sinn unsere Sätze machten. Frau Lyzenkirchen aber lehnte an der Tür und ihr Gesicht war hellauf erfreut. Sie musterte wiederholt meine Laterne und kurze Zeit später schüttelte sie ihren Kopf, dabei schaute sie mir ins Gesicht. Plötzlich dirigierte sie sogar den Takt und summte mit. Wahnsinn. Es grenzt an ein kleines Wunder, dass sie an diesem fortgeschrittenen Abend und nach unzähligen Besuchen von

Kindern noch etwas für uns übrig hatte. Die letzte Strophe war rein textlich eine Katastrophe und das bemerkte auch sie. Deshalb rief sie vollkommen unvermittelt »Stopp« in die Runde und wirkte nach wie vor sehr selig. Nun folgten Lobeshymnen und angeblich waren wir an diesem Abend die tollsten Sänger. Von uns Dreien meinte sie damit sicherlich mich. Sie musste mich meinen! Ich nehme an, Tobias und Alex wussten das. Ich erklärte ihnen das später vorsichtshalber nochmals, um....naja...für klare Verhältnisse zu sorgen. Nun passierte genau das, worauf wir gehofft hatten. Sie war anscheinend selbst nicht von Äpfeln und Schokolade angetan, denn so etwas tat sie niemals in unsere inzwischen gut gefüllten Tüten. Sie überreichte jedem von uns einen zusammengewickelten Papierfetzen, in dem sich eine Münze befand. 50 Pfennige war ihr unser Gesang wert. Für jeden Einzelnen. Ob sie wirklich allen Kindern, denen sie die Tür öffnete, eine halbe Mark schenkte? Wir bedankten uns mehre Male und hatten damit mehr als unseren Soll erfüllt. Bevor wir den Eingangsbereich verließen, hakte sie nach:
»Sag mal Samu, bitte verrate mir noch, um was es sich bei deiner Laterne handelt. Ist sie dir auf den Boden gefallen?«
Nun war es Zeit für uns nach Hause zu gehen. Andernfalls hätten uns mahnende Blicke unserer Eltern zuhause empfangen. Wir befanden uns an einer Stelle unseres Weges, an dem keiner einen weiten Heimweg hatte. Kurze Zeit später schlossen sich hinter jedem von uns die Haustüren und es überkam uns große Müdigkeit.
Aus Alexs Zimmer klangen die Töne des Lieds *Careless whispers* von *George Michael*. Ich hatte seine Musik geliebt. Im Grunde genommen war es aber vordergründig seine Stimme. Überall konnte man sie hören. Ob es in

der Fußgängerzone in Köln-Porz war, oder aber die Songs in einigen Porzer Kneipen gespielt wurden, er gehörte für viele Jahre zur ewigen musikalischen Begleitung. Neben *Careless whispers* wippte ich automatisch mit dem Fuß bei dem Song *Club tropicana*. Selbst wenn ich gerade für kleine Jungs war und Alex diese Platte spielte, konnte ich meine Beine nicht still halten. Ob meine Freunde bei ihrem Geschäft auch mit den Beinen wippten, oder sogar im Sitzen tanzten? Nun schaltete sich auch noch meine andere Schwester in diesen musikalischen Mix ein. *David Bowie* und das *China girl* klang nun aus ihrem Zimmer. Als der Song aus Alexs Zimmer von *Careless whispers* auf *Wake me up before you go go* wechselte und meine Tante sich den *klassischen Abend* auf WDR4 anhörte, kam ich mir nun vor wie auf einer Kirmes. Auf dem Rummel. Dort schallte aus jedem Fahrgeschäft ein anderes Lied und es ergab sich ein teilweise verstörender Musikbrei. Klassik, David Bowie und Wham ergaben so etwas wie klassische Popmusik mit Orchester, und den Stimmen von Bowie und Michael in unterschiedlichen Takten, Geschwindigkeiten und Tonhöhen. Es dauerte nicht lange und meine Eltern schalteten sich ein.

»Jetzt ist Schluss da oben! Wo sind wir denn hier?«, rief meine Mutter. Papa war im Treppenhaus zu hören und wenig später klopfte er bei beiden an die Tür.

»Ihr macht jetzt bitte sofort die Musik leiser. Wir haben jetzt genug von diesem Musikchaos.« Außerdem fügte er hinzu, dass beide im Besitz von Kopfhörern seien, die ihnen an Weihnachten geschenkt wurden.

»Klaro«, sagte Alex.

»War das denn echt so laut?«, fragte Jasmin ungeduldig.

»Mach doch einfach leiser!«

»Misch Dich nicht überall ein, Alex.«

»Kinder, es reicht jetzt wirklich!«, rief Papa.

In diesem Moment drückte ich die Spülung, wusch mir die Hände und öffnete die Tür. Noch immer standen meine Schwestern in der Türschwelle und Papa dazwischen. Ich grinste und ging mit einem »Hallo, ihr seid ja wieder richtig gut dabei«, auf mein Zimmer zu. Dabei spritzte ich ihnen mit meinen nassen Händen ein paar Tropfen ins Gesicht. Sie fluchten. Als ich meine Zimmertür hinter mir schloss, warf ich mich auf das Bett und blickte auf meinen mit Schokolade gefüllten Bauch. Mein Magen und ich wollten kein Abendbrot. Dabei musste ich aber zu meinem Erstaunen feststellen, dass in diesem Fall mein Magen den Ton angab. Das war der Beweis, er konnte doch ein Sättigungsgefühl entwickeln. Also, so stellte sich zwangsweise heraus, verlangte mein Kopf, dass ich immer etwas mehr essen wollte. Auf eine traurige Art war ich verblüfft. Nun hatte ich nicht mehr die Ausrede, dass mein anderes Ich, der Magen, die Macht über mich hatte, ich also unschuldig war. Ich musste die Verantwortung dafür tragen, zu verhindern, dass mein Bauchring sich nicht verdoppelte.

»Okay, jetzt musste ich etwas unternehmen.«, ging es mir durch den Kopf. Ich überlegte und war schließlich überzeugt von der Ursache, dem Übeltäter. Dieser war für mich das süße Reich der Bonbons und Schokoladen am Ende des Iriswegs. Es war das sogenannte *Büdchen*. Ein ganz normaler Kiosk, den alle das *Büdchen* nannten. Dort kauften wir Samstagmorgen frische Brötchen. Dort besorgte ich mir die Neuerscheinungen meiner Lieblingscomics. *Mickey Mouse* war ganz okay. Im *Yps-Heft* waren, neben den nur mäßig witzigen *Spion und Spion*-Comics, tolle Überraschungen. Das *Lustige Taschenbuch* fand ich am besten, doch war es auch am teuersten. Ohne das zusätzliche Taschengeld von Tante Anna hätte ich mir bei Weitem nicht so viel kaufen können. Dieses Königreich hatte eine weitere Verlockung. Dort gab es Süßigkeiten in allen Varianten. Lakritze, Weingummi, Bonbons, Brause, Eis, Esspapier und vieles mehr. Oftmals kaufte ich mir das Zeug, ohne dass Mama darüber Bescheid wusste. Offiziell war mir nur an manchen Tagen erlaubt Süßigkeiten zu knuspern. Nun wusste ich, welchen Grund diese Einschränkung hatte. Kopf ist stärker als Magen = einsehen und weniger essen. Mist! Für einen meiner Zähne sollte es in wenigen Jahren zu spät sein. Ich war auf dem besten Wege ihn zu zerstören. Was war ich für ein Idiot! Scheiß Zuckersucht!

Kapitel 4 – Vampire gibt es wirklich

Es war Samstag und ich hatte keine Hausaufgaben zu erledigen. Diesmal hatte ich im Vorfeld geplant. Der Samstag sollte von schulischen Sachen unbeeinflusst bleiben. Das Wetter war, nach anfänglichen dichten Nebelschwaden, ab den Mittagsstunden warm und der Wind ließ deutlich nach. Im Frühling hatte ich mir zusammen mit meiner Tante im Spielzeugladen in Porz einen kleinen Traum erfüllen können. Einen Drachen. Ich sah auf den Wiesen am Rhein einige Drachen, die sich sehr schnell am Himmel bewegten und dabei tolle Flugmanöver zeigten. Die Drachenlenker benötigten an manchen Tagen teilweise viel Kraft, um ihn zu halten. Es waren große Exemplare. Es waren Lenkdrachen. Wie ein gigantisches Segel zogen und zerrten sie an den Armen der Drachenführer. Von einem solchen Drachen hatte der Spielzeugladenbesitzer abgeraten. Meine Tante suchte für mich einen Einfachen aus Kunststoff aus. Zwar war er recht groß, doch nur mit einer einzigen Kordel versehen. Dazu kaufte sie eine extra lange, fast transparente Schnur, die unheimlich stabil sein sollte. Papa und ich liefen zusammen auf das Feld, um reichlich Platz zu haben. Weil der Wind weder zu stark, noch zu schwach war, gelang es mir sehr schnell ihn steigen zu lassen. Anfangs gab ich ihm nur wenig Kordel, etwa 20 Meter. Der Wind schlief in regelmäßigen Abständen zwischenzeitlich fast ein. Papa rief: »Junge, du musst mehr Leine geben. Weiter oben ist der Wind deutlich stärker. Pass aber auf und mach langsam. Du kannst Dir nicht vorstellen, wie schnell der

Wind mit der Höhe zunehmen kann.«

Die Sonne schien im flachen Winkel auf uns herab und blendete mir die Augen. In der Ferne sah ich gerade ein Flugzeug starten. Der Flughafen Köln/Bonn war nur etwa 25 Kilometer entfernt. Papa hatte recht. Auf etwa 40 Meter Höhe zog der Drache heftiger und variierte nervös pendelnd seine Flugrichtung. Er verlor plötzlich schnell an Höhe und ich stand ratlos da.

»Warte mit der Kordel. Laufe kurz mit dem Wind, bleibe dann stehen und ziehe etwas fester an der Kordel«, schrie mein Vater zu mir rüber. Zu meinem Erstaunen richtete der Drachen sich wieder auf und stand genau senkrecht über uns. Diesen Vorgang wiederholte ich mehrmals, bis die Schnur auf der Rolle nur noch wenige Umdrehungen anzeigte. Das Ziehen des Drachens war inzwischen so stark, dass ich mir Sorgen um die Glasfaserschnur machte. Hoffentlich würde sie nicht reißen. Mittlerweile waren wir bestimmt schon eine knappe Stunde auf dem Feld. Papa schaute auf die Rolle und sah, dass der Aufkleber mit der Angabe der Schnurlänge beschädigt war.

»Samu, das ist ja riesig was wir hier erreicht haben. Ich habe noch nie einen Drachen so hoch steigen sehen. Schau mal, er ist ja auf einen kleinen Fleck am Himmel zusammengeschrumpft.«, bemerkte er aufgebracht.

Inzwischen kamen immer mehr Beobachter. Drohte der Drachen zu kippen, lief ich erneut etwa 5 Meter mit dem Wind, um dann stehen zu bleiben und erneut an der Kordel zu ziehen. Langsam erreiche ich die äußere Begrenzung des Feldes und war nahe an der Schienentrasse der Straßenbahn Linie 7. Er stellte sich wieder auf, glaube ich. So genau konnte das keiner mehr sagen. Unser Nachbar Herr Haferlein bewegte sich zu uns auf den Acker und schüttelte seinen Kopf.

»Hallo Samu, wie hast du das denn geschafft. Ihr müsst aufpassen. Wie hoch ist er denn schon?«, fragte er.

»Etwa 100 Meter«, war meine Antwort.

Papa gesellte sich zu uns und fragte, was denn los sei. Er sei vielleicht schon zu hoch und man dürfe einen Drachen wahrscheinlich nicht so hoch steigen lassen, erklärte Herr Haferlein. Möglicherweise hatte die Flugsicherung am Köln/Bonner Flughafen im Tower dieses Echo des Drachens bereits auf dem Radar. Ich fragte ihn, was das zu bedeuten hätte und er erklärte mir ausführlich. Papa schüttelte mit dem Kopf uns sagte:

»Das glaube ich nicht. Ein Drachen ist viel zu klein und die Flugzeuge fliegen doch viel höher.« Immer mehr Menschen versammelten sich um uns herum. Auch viele Kinder aus der Nachbarschaft hatten wohl von diesem Drachenrekord gehört. Die Menschentraube auf dem Feld des Bauern Broicher war zu einer noch größeren großen Gruppe angewachsen. Manche suchten den Himmel ab und konnten nicht verstehen, warum so ein Aufsehen gemacht wurde. Erst als sie sich mir nährten, die Glasschnur in meiner Hand bemerkten und sie nach oben herauf verfolgten, konnten sie den weit entfernten Drachen erkennen.

»Wie kann das denn möglich sein?«, fragten mich einige Stimmen aus der versammelten Menschentraube. Ich konnte den Drachen nicht eine Sekunde aus den Augen lassen. Hätte ich den winzigen schwarzen Punkt, der mein Drachen war, am Himmel verloren, wüsste ich nicht mehr wie er sich verhalten würde.

»Ich weiß auch nicht so richtig, wie mir das gelungen ist.«, sprach ich vor mich hin. Und nun passierte das unvermeidliche. Die Schnur riss. Der schöne Drachen verschwand, wurde immer kleiner und war für immer verloren. Die Menschentraube seufzte laut und applaudierte.

»Er muss noch höher gestiegen sein....«, sagte unser Nachbar. Er meinte er wäre sonst nicht unsichtbar geworden, er war zu weit weg. Für dieses einmalige Erlebnis war es mir das Opfer wert gewesen.

»Samu, das war doch toll. Warst du das erste Mal mit Deinem Vater einen Drachen steigen lassen?«

»Ja, das ist auch......ääähm, das war auch mein erster Drache«, rief ich zum Nachbar rüber. Im Nachhinein hatte sich herausgestellt, dass die maximale Höhe eines Drachens 100 Meter nicht überschreiten dürfe, die Kordel allerdings 150 Meter lang war. Tante Anna besorgte mir einen Neuen. Sie konnte sehr gut mit dem Verkäufer sprechen, der etwa so alt wie sie war. Die Gespräche waren schrecklich langweilig. Es ging um die Kirche, den lieben Gott und was sich manche Nachbarn wohl erlaubten, so zu sein wie sie waren. Am Ende schenkte der alte Herr uns den Drachen und freute sich auf einen Kirchenbesuch mit meiner Tante. Ich liebte sie.

»Da seid ihr ja endlich. Es gibt gleich Mittagessen. Übrigens Samu, Frau Kalthaupt rief an. Sie fragt, ob du Lust auf einen Videonachmittag hast. Es gibt E.T. auf Video«, erzählte meine Mutter.

E.T.? Davon hatte ich schon oft gehört. Früher durfte ich ihn nicht sehen, weil er zu unheimlich sei. Plötzlich war ich für diesen Film erwachsen genug? Ich war stolz und freute mich tierisch. Natürlich sagte ich zu und war fassungslos, wie abwechslungsreich dieser Tag sich entwickelte. Es war kein üblicher Samstag. Wäre es wie üblich grau und regnerisch gewesen, hätte das Drachenerlebnis nicht stattgefunden. Jetzt gab es Mittagessen. Salzkartoffeln mit Gulasch und Kopfsalat. Wahnsinn. Etwas Besseres konnte ich mir an diesem Tag nicht vorstellen. Der liebe Gott hatte mich verwöhnt. Warum nur? Etwa, weil ich in letzter Zeit manchmal zusammen mit Jasmin und Alex die Spülmaschine ausräumte? Oder vielleicht, weil ich nach dem Zähneputzen die Spritzflecken auf dem Spiegel wegwischte. Jasmin hatte mich wegen der Flecken oftmals angebrüllt. Sie fand es eklig und sähe nicht ein, es nachwischen zu müssen. Ich sagte ihr, sie solle den Mund nicht zu voll nehmen und berichtete von ihren Hinterlassenschaften, wenn sie sich Haare, Gesicht, Füße und Beine föhnte und glättete, abtupfte, schminkte und puderte, einrieb oder rasierte.

Ich knetete gerade meine sechste Kartoffel. Mama war dabei auf ihrem Teller für Ordnung zu sorgen. Die Salatblätter und die Kartoffeln durften sich offensichtlich unter keinen Umständen berühren. Ich grinste unentwegt. Während Alex etwas von einer Freundin erzählte und eigentlich nur mit sich selbst sprach, die anderen waren in ihr Essen vertieft, sah ich unserer Mutter dabei zu, wie sie es fertig brachte eine Kartoffel zu kneten. Das alleine wäre ja keine große Leistung. Doch sie knetete und schob gleichzeitig mit ihrem Messer das Fleisch und den Salat voneinander weg. Auch diese beiden hatten nicht das Recht nebeneinander bei Frau Mutter auf dem Teller verweilen zu dürfen. Was für eine Arbeit! Konnte sie das Essen eigentlich noch genießen?

»Wo ist Tante Anna?«, fragte ich in die Runde.

»Oben«, sagte Papa mit halb gefülltem Mund. »Sie war heute wieder sehr lange unterwegs.« Mit der nächsten, zu heißen Kartoffel im Mund, konnte er die folgenden Worte allenfalls noch zischend herausbringen:

»War beim Friedhof. Hat dort Gräber angeschaut, hat sie gesagt.«

»Was?«, fragte Jasmin. Mama musste lachen und konnte kaum noch weiter essen. Das Besteck knallte auf ihren

Teller.

»Ja, du hast richtig gehört. Deine liebe Tante läuft inzwischen die vier Kilometer zur Kirche, nur um sich dort Gräber anzuschauen«, sagte Mama.

»Na hoffentlich sucht sie sich nicht schon eines aus«, prustete Jasmin aus sich heraus. Der ganze Tisch lachte nun und wieder einmal bemerkte ich, wie Tante Anna es schaffte unser Leben zu bereichern. Einfach, ohne viel Mühe. Sie musste nur so sein, wie sie war.

»Neues Haarnetz?«, fragte ich Papa.

»Nein, das ist dann wohl nächste Woche dran«, entgegnete er mir. Sie lief zwei Mal im Monat den Weg zum Frisör, wenn es trocken war. Er war in etwa so weit entfernt wie der Friedhof. Es war ihr besonders wichtig ihre Haarpracht mit einem Haarnetz zu schützen. Egal ob es kalt, heiß, windig, oder windstill war. Das Haar musste geschützt werden. Mama sagte, ihr Haar sei für ihr Alter wirklich erstaunlich dick. Ich vermisste sie gerade an unserem Esstisch. Eigentlich gab es keinen weiteren Platz mehr in der Küche am Tisch. Mama und Papa saßen auf Stühlen und wir Kinder auf einer Eck-Sitzbank für insgesamt drei Personen. Wenn Tante sich hin und wieder blicken ließ, stellte ihr irgendwer von uns immer einen Platz zur Verfügung.

Während wir noch eine kurze Zeit über die Geschichte lachten, blickte ich durch das Fenster und erkannte Familie Pavel. Sie kam gerade nacheinander aus dem Haus und es sah nach einem Familienspaziergang aus. Den Wagen ließen sie stehen. Christine und Sonja waren nicht nur Nachbarn. Sie waren auch Freundinnen. Besonders in den Sommerferien, wenn die Sonne schien und es heiß war, verbrachten die Kinder der Blumensiedlung in meiner Straße viele Stunden miteinander. Dabei spielten wir häufig selbst ausgedachte Spiele. Von

77

Jahr zu Jahr wurden daraus regelrechte Kult-Spiele.

Nun sah ich sie hintereinander die Straße entlanglaufen. Es erinnerten mich an die Schwanenfamilie am Rhein. Ich war der größte Fan von diesen gefiederten Langhälsen. Sie schwammen in den beiden Seen am Rhein. Es war nicht sehr weit, um zu ihnen zu gelangen. Man musste nur aus der Blumensiedlung heraus zum *Rhein* laufen. Dann über eine große Hauptstraße, vorbei am Kanuclub, eine sehr steile Schräge herunter zum Parkplatz vor dem kleinen Bootshafen. Eine Abbiegung nach links und das Ziel war erreicht. Die Promenade. Sie führte nach 100 Metern in unterschiedliche Richtungen. Der Weg teilte sich in einen westlichen und östlichen Weg. Beide führten um einen recht großen See herum. Im späteren Verlauf folgte ein Weiterer, etwas kleinerer. Sie erstrecken sich über das große Gelände der sogenannten *Freizeitinsel Groov*. Eine Kiesbank durchtrennte den Rhein an dieser Stelle seit Jahrhunderten, so erzählte es uns Papa eines Tages bei Abendessen, und daraus bildete sich ein natürlicher Hafen in Zündorf. Der östliche Weg war weniger aufregend. Ich bevorzugte den anderen, der unter einer riesigen Pappelallee am Rhein entlang führte. Die Bäume waren gigantisch, monströs. Ich war mir sehr sicher, dass sie schon weit über 100 Jahre alt sein mussten. Vielleicht sogar schon mehr als 200 Jahre. Der Wind war dort am Rhein fast immer spürbar und sorgte selbst an extrem heißen Tagen für eine Erfrischung. Und genau an diesen Tagen drängte ich meine Eltern derart heftig mit mir dorthin zu gehen, dass sie häufig nachgaben. Papa war meistens nur am Wochenende mit dabei. Mama hatte manchmal auch unter der Woche genug Zeit, »...einen kleinen Ausflug an den Rhein zu machen.« So bezeichnete sie diesen Ausflug jedes Mal im gleichen Wortlaut. Nicht zu vergessen, meine Tante. Sie brauchte eine gewisse Vorbereitungszeit, um sich so zurecht zu machen, wie es sich für eine ältere Lady gehörte. Sie war für einen Besuch am Rhein niemals spontan zu haben. Wollte man um 14:00 spontan und kurz an den Rhein hinunter, der Weg dauerte zu Fuß etwa 15 Minuten, so hätte man ihr bereits um 13:00 Bescheid geben müssen. Oder sie musste den Weg allein finden. Ich war der Meinung, sie war schon oft genug alleine unterwegs. Ich achtete immer sehr darauf, früh genug zu wissen, wann ich zur Freizeitinsel herunter wollte, damit sie uns begleiten konnte. Als Lady gekleidet, hatte sie selbstverständlich ihr Haarnetz auf dem Kopf, ihre feinste Handtasche auf den Schultern und mit großer Sicherheit kleidete sie sich mit ihrem Lieblingskleid ein. Es war dunkelbraun, sehr luftig, hatte einen weiten Schnitt und ein irres Muster mit vielen kleinen Formen. Sie liebte es und fühlte sich darin, sie behauptete es von sich selbst, wie eine echte Lady.

Wenn ich die Schwanenfamilie unten am Rhein suchte, musste ich sehr intensiv nach ihnen Ausschau halten. Oft, aber nicht immer, brüteten sie an einer gewissen Stelle und wollten ungestört bleiben. Um genauer zu sein, wollten sie *fast* immer ihre Ruhe haben. Die meisten Menschen hielten sich daran. Wenn Familie Schwan, so wie Familie Pavel, einen Ausflug machte, wagten sie sich an manchem Tag sogar durch die Menschenmassen zur großen Kaffeeterrasse und den Biergarten. Sie mischten sich wie große Popstars unter die Leute und ließen sich feiern. An diesen Tagen hätte ich mich nicht gewundert, wenn die Familie Schwan bereits einen Tisch vorbestellt hätte und, genauso wie es die meisten Menschen dort machten, vor sich hin schnatterten. Oftmals erkannte ich sehr viele Gemeinsamkeiten zwischen Mensch und Tier.

Familie Pavel verschwand aus meinem Blickfeld, ich schaute dennoch weitere Sekunden zum Küchenfenster hinaus. Das Besteck klimperte und ich war wieder zurück aus meiner Fantasie am Küchentisch. Eines Tages würden die Langhälse vielleicht an unserem Esstisch mit uns frühstücken. Brot hatten wir mehr als genug. Ich würde ihnen sogar ein besonders gutes Brot kaufen, das laut Aussage meines Vaters viel zu teuer war. Total egal. Vielleicht würde er in einem dieser unzähligen Werbeblätter auf dem Sofatisch ein Sonderangebot für Schwanenbrot finden. Bei jedem Durchblättern der Werbeanzeigen hofften meine Schwestern und ich, dass er nichts billiges zur Außenbeleuchtung entdeckte. Alex behauptete, wir könnten nicht ausschließen, dass demnächst eine Licht- und Lasershow im Vorgarten installiert werde. Svenja Föhringer erzählte, dass ihr Vater die Beleuchtung des Partyraums verkaufen wolle.

Ich konnte das Geld für Schwanenbrot aufbringen und einfach zwei Comics weniger kaufen. Von dem Ersparten würde ich den Schwänen ein Festmahl bereiten.

»Samu, Vorsicht. Da kommt die kalte weiß Hand.« Ich erschrak und blickte entsetzt zu Alex. Sie wusste genau was mich ängstigte. Ich hätte nicht den Fehler machen sollen, es Mama zu erzählen. Denn was sie wusste, wussten wenig später alle. Sie konnte nichts für sich behalten und schnatterte noch mehr als alle Schwäne, Gänse und Enten zusammen. Manchmal wünschte ich mir, dass sie mir ein Geheimnis anvertraute, das ich wenig später bei Tisch austratschen konnte. Oder *hinausposaunen*, wie Tante Anna zu sagen pflegte. Jasmin und Papa lachten und auch ich versuchte zu lächeln. Ich hatte wirklich Angst vor einer kalten weißen Hand, die durch den Türschlitz zuschlug und mich ergriff. In diesem Moment musste ich an den Keller denken. Wehe wenn Alex eines Tages im Treppenhaus von einem komischen Wesen gepackt würde und eine weiße Hand um ihre Fesseln griff. Das wäre was gewesen. Nie wieder würde sie sich über mich lustig machen. Nie wieder säße ich wie ein kleiner dummer Junge neben ihr. Es gab bei der Vorstellung ein Problem. Niemand erzählte mir bisher, dass ein erwachsener Mensch von einer solchen Hand berührt wurde. Alex war zwar erst 18 Jahre alt, doch somit eben erwachsen. Wahrscheinlich hatte es nur Kinder im Blick, dieses grauenhafte Wesen.

»Gibt es Nachtisch?«, stellte ich die Frage an Mama.

»Du kannst gerne eine Schüssel Grießbrei mit Kirschen haben«, antwortete sie.

»Darf ich ins Wohnzimmer? Ich möchte Mieze gerne Gesellschaft leisten?«

»Kannst du machen. Aber kleckere nicht mit dem Grießbrei.....auch nicht auf das Polster, den Teppich oder die Möbel«, sagte sie mit Nachdruck. Ich entgegnete ihr pampig, dass ich auch die Katze nicht mit dem Brei einreiben würde. Papa musterte mich und stellte fest: »Na das wäre ja ein tolles Bild.«

»Papa, bitte!«, sagte Jasmin, »ermutige ihn nicht.«

»Ich schmier dir gleich den Grießbrei in deine Haare. Das steht dir bestimmt besser, als das was du gerade an Frisur auf dem Kopf hast.«

»Kiiinder, es reicht!«, fuhr Mama mit einem strengen Blick dazwischen.

Ich setzte mich auf das Sofa und beobachtete Mietze. Sie leckte sich und stoppte regelmäßig für ein paar Sekunden. In dieser Zeit musste sie die abgeleckten Haare wohl herunterschlucken. Wie würde sich das nur anfühlen, wenn man den halben Tag an sich leckte und einen Ballen an Haaren im Bauch hätte? Ich beneidete sie nicht gerade. Auf dem Wohnzimmertisch lagen eine ganze Menge Werbeblätter. Während ich der Katze aus den Augenwinkeln beim Lecken zusah und mir langsam einen Löffel Grießbrei in den Mund schob, streiften meine Blicke über die zahlreichen Zeitungen, die neben den Werbeblättern lagen. Die Wanduhr tickte sehr laut im Sekundentakt. Die Uhr war schon alt. Mama nannte sie antik. Es kam vor, dass ich auf dem Sofa einschlief. Das Ticken der Uhr wirkte wie ein Schlafmittel auf mich. Vorübergehend zählte ich den Sekundentakt und schlief darüber ein. Von der Uhr baumelten vier Ketten, an Zweien davon schwere Gewichte. Im Laufe der Zeit sanken die Gewichte ab und in regelmäßigen Abständen musste an den anderen zwei Ketten gezogen werden. Die Gewichte mussten hochgezogen werden und das Spiel begann von Neuem. Die Uhr war aufgezogen.

Plötzlich gefror mir das Blut in den Adern, mir sträubten sich die Nackenhaare und es wurde mir schwindlig. Eine der Zeitungen lag aufgeschlagen zwischen den Anderen. Auf der aufgeschlagenen Seite war eine hässliche Kreatur mit langen Eckzähnen abgebildet. Konnte das sein? Ich las die Überschrift und war wie versteinert. *Vampire gibt es wirklich!* Eine Welt brach für mich zusammen und nun war eine meiner größten Befürchtungen offiziell. Alles was in den Nachrichten und den Zeitungen berichtet wurde, musste stimmen. Wieso waren meine Eltern und Schwestern darüber nicht aufgebracht, oder schockiert? Ich war offenbar der Einzige, der die schrecklichen Umstände verstand? Oder hatten alle anderen über die Nachricht hinweg gelesen und wollten sie nicht wahrhaben? Mich schauderte es. Der Grießbrei schmeckte mir kaum noch. Ich schmeckte tatsächlich fast nichts mehr. Mir war der Geschmack vergangen. Jetzt wusste ich was manche Menschen damit meinten, wenn sie etwas als geschmacklos bezeichneten. Es musste wohl eine schlimme Nachricht vorhergegangen sein und dann konnte man nichts mehr schmecken. Da es nun tatsächlich Vampire gab, nahm die Wahrscheinlichkeit der vampirischen Nachbarn, also den Weichs, zu. Alex, Tobias und ich waren beim Martinsingen den Weichs extrem nahegekommen. Wer weiß was Frau Weich wirklich dachte, als wir vor ihr standen und sangen! Es gab jedoch einen Trost. Vampire fühlten sich angeblich nur bei Dunkelheit wohl und so waren die Tage abgesichert. Mist, der Keller ging allerdings gar nicht mehr. Nun musste ich nicht nur zu nur einer Kreatur in den Keller hinabsteigen. Nicht auszudenken, dass nun zwei schlimme Gestalten auf mich warteten. Welche davon war wohl die Schlimmere?

Ich verabredete mit mir selbst, in Zukunft alles Wichtige bei Tag zu machen. Wenn es dunkel war, wollte ich von nun an nicht mehr ohne Taschenlampe aus dem Haus gehen. Hoffentlich würden Taschenlampen ausreichen, Vampire fern zu halten. Ich musste nachher Tobias von dieser Nachricht erzählen. Oder Frank. Oder Alexander. Vielleicht hatte auch Nils Angst. Konnten Außerirdische gegen Vampire kämpfen und gewinnen? Auch ihn wollte ich fragen, wie er sich in Zukunft verhalten würde. Ich blickte auf die sich leckende Katze. Sie leckte ihre linke Pfote, befeuchtete sie mit ihrem Speichel und rieb die feuchte Tatze durch ihr Gesicht. Katzenwäsche. Mieze hatte es so gut in ihrem Leben. Ich konnte mir nicht vorstellen, dass böse Kreaturen es auf sie abgesehen hätten. Davon hatte ich niemals etwas gehört.

Ich war in den nächsten Stunden verstört und viel unruhiger als sonst. Um 17:00 wurde ich von den Kalthaupts erwartet. Neben Tobias und mir schauten auch seine Schwester und manchmal Frau Kalthaupt den Film. Es war schon ein wenig anstrengend mit Tobias Mutter einen solchen Film zu verfolgen. Ständig fragte sie, ob es noch etwas sein dürfte. Ein Wasser, oder eine Limo, ein Stück Kuchen, oder etwas zu knabbern. Es war alles so extrem verlockend. Doch ich wusste ja nun, dass mich nicht mein Magen steuerte, sondern meine Gedanken. Ich nahm mir vor weniger an Kuchen, Süßigkeiten und Pizza zu denken und kleinere Portionen zu verspeisen. Nein, ich würde zwar von allem kleinere Portionen knuspern, auch von Pommes und Würstchen. Doch weniger Pizza kam auf keinen Fall in Frage! Ich könnte jeden Morgen, Mittag und Abend Pizza essen. Vermutlich gab es auf dieser Welt einen Menschen, der das tatsächlich so praktizierte. Ich würde ihn oder sie gerne finden und kennenlernen und wissen, wie er oder sie aussah. Hoffentlich würde mir das sehr bald passieren. Gäbe es so etwas wie eine Pizza-Diät, würde ich sie länger als jeder andere durchhalten. Die Vorstellung gefiel mir und lenkte mich kurzzeitig vom Film ab.

»Und Samu, wie findest du den Film? Ist doch toll gemacht mit dieser außerirdischen Puppe«, fragte mich Frau Kalthaupt.

»Was? Äääh, ach.... ja. Ich bin gespannt ob er wieder gesund wird und was mit ihm am Ende passiert. Ist echt gruselig mit seinem leuchtenden Finger und wie er den Hals kürzer oder länger machen kann!«, ich überlegte kurz und vervollständigte die Frage, »Ich finde Vampire wesentlich schlimmer. Was denkst du Tobias?«

Er antwortete kurz: »Finde ich auch. Ist ganz toll, der Film.«

Mir kamen wieder die Worte aus der Zeitung in den

Sinn: *Vampire gibt es wirklich*. Eine Gänsehaut überzog meine Arme. Um ehrlich zu sein, nicht nur meine Arme. Es war ganz gut diesen Film zur Ablenkung anzuschauen. Danach würde ich kurz mit Tobias in sein Zimmer gehen und mit ihm über die schreckliche Nachricht sprechen. Ich schaute auf die Uhr und wollte nicht, dass die Zeit so schnell verging. Wie immer war der Nachmittag viel zu kurz. Die Schwester von Tobias, sie hieß Wiebke, wurde ab der zweiten Hälfte des Films unaufhörlich von Freunden angerufen. Wir mussten uns ziemlich konzentrieren, um alles zu verstehen. An einer Stelle des Gesprächs beobachtete Tobias, wie ich genervt meine Augen rollte. So wie meine Schwester Jasmin.

»Ja, der ist total süß. Wie der sich in dem Video bewegt! Und seine Stimme ist genau so süß wie er ausschaut. Man, ich würde so gerne auf sein Konzert gehen...«, schwätzte sie in den Telefonhörer. Tobias bemerkte wie genervt ich war und schaltete sich ab dem fünften Gespräch in das Telefongespräch ein. Er nahm ihr das Telefon hastig aus der Hand und beendete das Gespräch, indem er auf den Aus-Schalter drückte. Jetzt ging es drunter und drüber. Ich erlebte meinen ersten heftigen Streit zwischen Tobias und seiner Schwester. Ich wusste nur zu gut, wie es war, sich mit seiner älteren Schwester zu streiten. Mal schauen, wie es sich hier bei den Kalthaupts entwickelte. Zunächst fauchte Wiebke Tobias an und warf ihm Schimpfworte an den Kopf. Frau Kalthaupt stürmte ins Zimmer und ermahnte Wiebke. Gleichzeitig wurde Tobias Stimme immer lauter und er warf seiner Schwester vor keine Rücksicht zu nehmen und dass sie in ihrem eigenen Zimmer telefonieren sollte. Sie verneinte das aber, da sie ja mit uns den Film anschauen wollte. Aus heiterem Himmel zog sie mich in den Streit hinein und fragte, ob ich es auch so störend fände, wenn sie ein wenig telefoniere. Warum fragte sich mich danach? War es denn nicht genug, wenn ihr Bruder sich gestört fühlte? So ähnlich war es auch zwischen Jasmin und mir, wenn sie mich in ein Streitgespräch hineinziehen wollte. Plötzlich fragte sie nach meiner Meinung. Ausgerechnet nach meiner Meinung, von der sie sonst nichts wissen wollte? Wenn es für sie gerade angenehm war, machte sie mir nichts dir nichts Gebrauch von meiner Meinung. Wie konnte ich mich normal entwickeln, wenn ich eine solche Schwester hatte? Immerhin saßen Tobias und ich in einem Boot. Zumindest zu diesem Thema würden wir in Zukunft einhelliger Meinung sein. Die Tür fiel ins Schloss und Herr Kalthaupt klopfte gegen die offene Wohnzimmertür.

»Hallo zusammen. Samu, ich begrüße Dich. Ich hoffe ihr habt viel Spaß bei dem Film. Hab ihn gestern in der Videothek ausgeliehen und direkt an euch gedacht«, sagte er und blitzte mit seinen stechend blauen Augen. Seine Worte waren abgehackt und sein Gesicht bewegte sich nur wenig während er sprach. Zwar lächelte er, seine Augen taten das allerdings nicht. Er war bei der Bundeswehr, so hatte Mama es mir erzählt. Bundeswehr bedeutete für mich Krieg und davon wollte ich nichts wissen. Wie oft hatte ich in den aufgeblätterten Zeitungen auf dem Wohnzimmertisch diese scheußlichen Überschriften gelesen. Ich erinnerte mich in diesem Moment erneut an die Vampir-Geschichte in der heutigen Ausgabe der Zeitung. Ich fühlte mich noch nie so unsicher, wie an diesem Nachmittag. Ich wollte nicht glauben, was überall auf der Welt passierte und konnte mir ebenfalls nicht vorstellen, dass jemand wie Tobias Vater freiwillig in den Krieg ziehen würde.

»In den letzten Minuten hab ich kaum etwas verstanden und würde sie sehr gerne noch einmal anschauen«, sagte

ich schließlich zu Wiebke. Sie solle das Telefon aus-
schalten, sagten Tobias und seine Mutter übereinstim-
mend. Tobias beugte sich vor und griff nach der Fernbe-
dienung. Er spulte nun um die verpasste Zeit zurück und
drückte danach die Pause-Taste.

»Habt ihr euch nun beruhigt?«, fragte Frau Kalthaupt.
Schweigen. »Dann können wir ja jetzt weiter schauen.«
Wiebke legte den Hörer neben das Telefon und nun
konnten wir, abgesehen von einer winzigen Pinkelpause
meinerseits, die ich wirklich besonders dringend
brauchte, den Film bis zum Schluss anschauen. Wer
kannte das nicht? Man war derart abgelenkt und vertieft
in etwas, dass man nicht einsah sich davon lösen zum
müssen. Das zaghafte Gefühl, in naher Zukunft etwas
wegbringen zu müssen, das nicht lange aufgeschoben
werden konnte. Je länger man damit wartete, umso weniger konnte man es sich selbst verzeihen damit gewartet zu haben. Dem Wahnsinn ganz nah. Die Toilette
schien plötzlich unerreichbar. Sollte dann auch noch der
Reißverschluss klemmen, gute Nacht. Man, das wäre ja
peinlich gewesen, bei den Kalthaupts eine unvergessli-
che Pipi-Spur zu hinterlassen.

Der Film war vorbei. Schade. Besonders deshalb, weil
es dunkel war und ich gleich zurück nach Hause gehen
musste. Durch die Dunkelheit! Sehr gerne hätte ich
mich noch mit Tobias über meine Entdeckung in der
Zeitung unterhalten. Doch seine Mutter gab direkt nach
dem Film die Anweisung, dass er nun mit seinem Vater
noch ein paar Aufgaben machen müsse und danach ein
Bad nehmen solle. Ich zog mich an und machte mich
auf den Weg. Sah ich da etwas an der Ecke? Vielleicht
würde ich die Kalthaupts nie wieder sehen.

Kapitel 5 – Maria und Josef (der erste Kuss)

Die Weihnachtsferien begannen dieses Jahr erst sehr spät, am 23.12.1987. Ich stellte fest, dass weitere 31 Tage vergehen mussten, bis ich unter dem Weihnachtsbaum ein hoffentlich ganz besonderes Geschenk finden konnte. Genau wie Tobias und Alexander wünschte ich mir dringend eine Atari 2600 Spielkonsole, die am Fernseher angeschlossen werden konnte. Das wäre ja super phänomenal. Ich und eine Atari Spielkonsole. Daniels Bruder hatte wohl bereits eine solche, deshalb schwärmte er permanent von den tollen Spielen, und wie genial dies und das war, und dass selbst seine Eltern mit ihnen spielten. Familie Mazi also spielte wahrscheinlich am Sonntagnachmittag zusammen Atari. Alle. Das wäre doch bei uns Zuhause eine schöne Abwechslung. Besonders neugierig war ich darauf zu erfahren, wie meine alte Tante Anna auf so ein *Ding*, wie sie es wahrscheinlich nennen würde, reagierte. Jasmin und ich würden uns bestimmt stundenlange Gefechte liefern. Da freute ich mich besonders drauf. Dies alles ließe sich nur dann umsetzen, wenn der Weihnachtsmann in diesem Jahr das notwendige Geld dafür übrig hatte. Vielleicht konnte meine Tante bei ihm ein gutes Wort einlegen und ein paar DM spenden. Ich musste lachen. Sie auf dem Rücksitz der Schneekutsche des Weihnachtsmannes. Ich wusste genau, dass ihre größte Sorge bei einer Fahrt in der Schneekutsche, ihre Haare und das Haarnetz wären. Aaaaah, meine Frisur, meine Frisur. Stopp, wir können nicht weiter. Ohne mein Netz vergesse ich mich!«

Würde es vom Wind weggeweht werden, müsste der Weihnachtsmann umkehren und akribisch danach suchen. Sie würde schon dafür sorgen. Am Ende erhielten alle Kinder ihre Geschenke wesentlich später, womöglich erst am ersten oder zweiten Weihnachtsfeiertag. Hätte ich jüngere Geschwister gehabt, die an den Weihnachtsmann glaubten, würde ich ihnen diese Geschichte mit sehr viel Freude erzählen. Zur Sicherheit gab ich Mama bei ihrem nächsten Einkauf die Bitte mit auf den Weg, ein extra Haarnetz für unsere alte Dame mitzubringen. Es musste möglichst reißfest sein. Wenn es Vampire gab, warum sollte es nicht die Wahrscheinlichkeit für Weihnachtsmänner geben?

In der Schule waren fast fast alle im vorweihnachtlichen Stress. Inzwischen schrumpfte die Anzahl der Tage bis zu den Weihnachtsferien auf 28. Dieses Schuljahr war mein vorletztes, auf der Grundschule in Porz-Zündorf. Gab es überhaupt noch ein Leben nach der Grundschule? Und wie sollte es aussehen? Ich wusste es nicht und nahm die Tatsache hin, dass ich wegen meines Notendurchschnitts kein Kandidat für das Gymnasium war. Wenn ich das wollte, hätte ich mehr gepaukt und auf die wertvollen Stunden Zuhause und mit meinen Freunden verzichtet. Alles für diesen Lernwahnsinn geopfert. Hauptsache ich schaffte es von Jahr zu Jahr immer weiter. Darüber musste ich mir keine Gedanken machen. Ich war ja nicht dumm. Ich hatte nur oft keine Lust ständig fleißig zu sein. Alex fasste das so zusammen, dass ich einfach nur zu faul war. Vielleicht hatte sie recht. Doch woher nahm sie diese Erkenntnis? Ich organisierte mir das Leben einfach nur realistischer. Besser zu meinen Gunsten. Warum eigentlich freuten sich meine Eltern und meine Schwestern mehr für mich, wenn in meinem Schulranzen in einem Klausurheft, auf einer Seite aus Papier statt einer drei, eine zwei oder eins eingetragen war? Eine blöde Zahl in roter Farbe.

Die erste Schulstunde erlebte ich meistens mit noch vollkommen getrübten Sinnen. Die Zeit zwischen acht und zehn Uhr sollte meiner Meinung nach in der Schule nicht existierten.

»Hallo Frau Bergenwald, bitte lassen sie die erste und zweite Stunde aus. Ich bin erst ab der Dritten in der Lage zu verstehen. Es wäre auch für sie besser.« Wenn ich mich umschaute, beobachtete ich nur wenige, die aufmerksam mitarbeiteten. Alle anderen, dazu gehörte auch ich, meldeten sich nicht besonders häufig, oder redeten nur dann, wenn sie von unserer Lehrerin dazu aufgefordert wurden. Wie musste sich ein Lehrer oder eine Lehrerin fühlen, wenn er oder sie vor der Klasse stand und in diese verschlafenen Augen blickte?

Ich freute mich immer auf die späteren Stunden. Ab der dritten Stunde fühlte ich mich fit und mein Kopf war endlich wach. Selbst in Mathe war ich ab diesem Zeitpunkt in der Lage mich in die komischsten Aufgaben hineinzudenken. Wie ich Frau Bergenwald einschätzte, wusste sie ganz genau wann, wer, wie gut an einem einzigen Schultag sein würde. In diesem Schuljahr hatten wir statt Kunst ausnahmsweise ein Theater-Projekt als Ersatz. Alle mussten an diesem teilnehmen und entweder als Schauspieler auf der Bühne mit dabei sein, oder aber sich handwerklich für den Kulissenbau einsetzen. Frau Bergenwald betreute alle, die sich für das Handwerk entschieden. Ich fand es extrem interessant und war sehr neugierig, wie es sich in der Theatergruppe verhielt. Wer würde besonders gut sein? Wer konnte am schnellsten den Text lernen? Wie war der Schauspiel- und Theaterlehrer? Frau Bergenwald hatte im Vorfeld davon erzählt, an welchen Theatern er selbst spielte, und sagte zudem etwas von einem Fernsehauftritt.

Wir konnten uns bei der Auswahl der Rollen in dem Stück *De Chressnaach en Kölle* freiwillig melden. Jeder musste entscheiden welche Rolle er sich zutraute. Natürlich achteten die meisten Schüler darauf, so wenig Text wie möglich zu haben. Und auch ich entschied mich am Ende für eine Nebenrolle. Anfangs konnte ich mich nicht auf Anhieb entscheiden. Die männliche Hauptrolle des Josef fand ich reizvoll. Er war ein Zimmermann und der Mann Marias, die Jesus auf die Welt brachte. Es war eine bedeutungsvolle Rolle. Frau Bergenwald bemerkte mein Interesse und ermutigte mich dazu. »Ich solle mich trauen«, hatte sie immer wieder gesagt. Als ich kurz vor der Entscheidung war die Rolle anzunehmen, erfuhr ich wer Maria spielte. Es war Melanie. Ich hatte erfahren, dass sie und ich uns hätten mehrmals küssen müssen. Das stand so im Drehbuch. Das war mir dann zu viel. Wie hätte ich vor meinen Freunden und der ganzen Stufe des vierten Schuljahres dagestanden? Es wurde sowieso schon gemunkelt, dass wenn ich die Hauptrolle spielte, Melanie und ich ein echtes Paar würden. Nicht nur auf, sondern auch abseits der Bühne. Was für ein blöder Unsinn. Einfach nur affig. Ich konnte mit Mädchen nicht sehr viel anfangen. Manchmal waren sie zum Spielen super geeignet. Sie hatten oft bessere Ideen als viele meiner Freunde. Das erstaunte mich ziemlich und es war auf eine bestimmte Art sehr reizvoll. Doch ich hatte nie daran gedacht irgendjemand küssen zu wollen. Auch bei meiner Mutter fand ich das nicht mehr so toll wie früher. Nur bei Tante Anna hatte ich das Gefühl, dass es richtig war, wenn sie mich darum bat ihr einen Kuss auf die Wange zu geben. Ihr Augen glänzten dabei. Manchmal sollte ich den

Kuss wiederholen und das tat ich auch sehr gerne. Aber bei Melanie und meiner Mutter. Nein. Zum Glück erwartete kein anderer von mir einen Kuss. Mein Vater hatte nichts dagegen wenn ich ihm einen Kuss gab. Doch Spaß machte ihm das genau so wenig wie mir. Ich entschied mich für eine Nebenrolle, die relativ viel Text hatte und recht häufig auf der Bühne vertreten war. Nun war es Daniel, der die Küss-Rolle übernehmen wollte. Wie ich später erfuhr, hatte er keine Lust auf der Bühne zu stehen. Er war viele Wochen im Voraus aufgeregt und in den Schulproben machte er viele Fehler. In den Pausen hörte ich seinen Text ab und es gelang ihm ohne Probleme alles bis aufs Wort wiederzugeben. Wichtig zu wissen war der Hintergrund dieses Theaterstücks. Es war ein sogenanntes Mundart Schauspiel. Wir alle hatten die Aufgabe Kölsch zu lernen. Manche Worte ähnelten einer anderen Sprache. Glücklicherweise waren das nur wenige.

Daniel war kein enger Freund. Er besuchte mich selten. Ich hingegen war öfter bei ihm. Nicht zuletzt weil sein Vater einen Computer mit Spielen hatte. Besonders eines fand ich ganz toll. Es machte unheimlich viel Spaß ein Mitarbeiter in einem Hamburger-Restaurant zu sein. Ziel war es in in diesem Spiel, in einer vorgegebenen Zeit, so viele Zutaten wie möglich, ohne Fehler übereinander zu stapeln und zwischen zwei Scheiben Brot zu legen. Es gab Punkte dafür. Die Zutaten liefen über ein Fließband, das sich von Level zu Level schneller und schneller drehte. Irre. Würden seine Eltern nicht aufpassen, vergäßen wir die Zeit und säßen nach vier oder fünf Stunden immer noch am Computer. Nach dieser Zeit wären aus uns Hamburger geworden und unsere Augen würden zwischen einer Scheibe Käse und Hackfleisch heraus starren. Herr und Frau Schmitz waren sehr nett.

Auch sie waren beide Lehrer. Ich mochte ihren Garten zwischen zwei Häusern. Der Garten dieser Doppelhaushälfte war leicht verwildert und wir konnten recht einfach auf einen Kirschbaum klettern. Der Kirschbaum nahm etwa ein Viertel des gesamten Gartens in Anspruch. Dort waren die Äste so verteilt, dass der Aufstieg keine Probleme verursachte. Ich hatte in der Vergangenheit eine blöde Situation, auf einem Sportplatz, der sich am Rande der Blumensiedlung befand. Er gehörte zu einer neuen Schule, die in den letzten beiden Jahren gebaut wurde. Oftmals kletterte ich mit Freunden nach Schulschluss über die geschlossenen Zäune, um zu den Tischtennisplatten oder den Schaukeln und Sportstangen zu gelangen. Die Tischtennisplatten waren aus Stein und konnten bei jedem Wetter, zu jeder Jahreszeit bespielt werden. Natürlich war es bei starkem Wind vollkommen sinnlos. Einige neu zugezogene Jungs aus der Blumensiedlung versuchten sogar bei stürmischem Wind zu spielen. Das war vielleicht affig und dumm.

Damals kletterten Tobias und ich auf einen Baum. Um dort hinauf zu kommen war zunächst ein nebenstehender Baum zu erklimmen. Von ihm aus war ein kleiner Sprung nötig, um an einen dicken Stamm des Nachbarbaumes zu greifen. Am Schluss zogen sich die anderen daran hoch. Das alles in etwa drei Meter Höhe. Mir bereitete es Nervenkitzel. Ich zögerte sehr lange, als Tobias mich anspornte zu ihm auf die Ziel-Seite zu springen. Ein kleiner Sprung, festhalten am Ast, mit dem rechten Fuß hoch drücken und mit den Armen hoch ziehen. Bei Tobias sah das super leicht aus. Ich musste es unbedingt schaffen. Der Sprung gelang mir. Tobias und ich verbrachten eine gewisse Zeit auf dem Baum und wollten wieder nach unten. Doch neben dem Auf- war auch der Abstieg von diesem Baum schwierig. Der Weg zurück erschien mir merkwürdigerweise wesentlich schwieriger. Zumindest ohne sich Arme und Beine zu brechen. Nach der Zeit auf dem Baum stand die Sonne ein wenig tiefer am Himmel, als zuvor. In den belaubten Baum verirrte sich ohnehin nur wenig Sonnenlicht. Es dämmerte bereits. Nun begann eine Teufelei. Die Zuversicht den Sprung von Baum zu Baum gut zu überstehen, war in kürzester Zeit verschwunden. Nun saß ich auf dem dicken Ast und konnte im Traum nicht daran denken zu springen. Tobias auf der anderen Seite schrie und wurde immer lauter. Das Lachen verging ihm nach über einer viertel Stunde. Zunächst hatte er sich über mich belustigt. Ich hasste ihn dafür und bemerkte, wie sich dieses Gefühl ihm gegenüber in den letzten Wochen häufte. Von einer Sekunde zur Nächsten änderte sich sein Verhalten ein wenig. Er zeigte ein Seite von sich, die ich so bislang selten erlebte. Er klang besorgt und kletterte erneut auf den ersten Baum. Von dort aus wollte er sich auf meine Seite schwingen. In diesem Moment hielt er inne und war verunsichert.

»Was ist denn nun los, Tobias? Wieso springst du nicht? Was hat sich geändert?«, fragte ich ihn mit großer Verwunderung. Es dauerte recht lang, bis er den Mut fasste und sich auf meine Seite begab. Nun zeigte er mir nochmals, wie der Sprung zu meisten war. Allerdings brauchte er dafür deutlich mehr Zeit als zu Beginn unserer Kletterei. Meine Sichtweise änderte sich. Es muss die Unsicherheit von Tobias gewesen sein, die mich nun beflügelte. Und so war es. Ich atme ruhig ein und fixierte einen Ast des gegenüberliegenden Baumes. Ich sprang, hielt mich fest, und schaffte es in kurzer Zeit hinunter. Aha, es spornte mich also an, wenn andere Jungs etwas nicht schafften. So konnte ich ihnen zeigen, wie gut ich war und sie damit überflügeln.

Zurück zu Daniel. Er war also verknallt in Melanie und nahm die männliche Hauptrolle des Theaterstücks nur deshalb auf sich, um sie küssen zu können. Zuerst fand ich sein Verhalten ziemlich dämlich. Doch im Laufe der Wochen lernte ich ihn immer besser kennen. Wir verbrachten sehr viel Zeit miteinander. Unter anderem, weil ich ihm half den Text zu lernen, aber auch deshalb, weil ich von seiner Vorliebe zu Melanie beeindruckt war. Was hatte er nur für sie übrig? Ich erinnerte mich daran, als wir das erste Mal außerhalb des Schulunterrichts Zeit verbrachten. Es war im Auto seiner Mutter auf dem Weg zur Schule. Im letzten Winter war es eine Zeit lang sehr kalt und der Weg mit dem Fahrrad alles andere als angenehm. Daniels Mutter arbeitete in der Nähe unserer Schule und fuhr uns wochenlang jeden Morgen in die Nähe der Schule. Von dort aus hatten wir noch zwei Minuten zu Fuß. Ich freute mich jeden Tag auf die Fahrt im knallgrünen VW Käfer. Ich durfte auf der Beifahrerseite sitzen und drängte trotzdem jeden Morgen danach. Denn am zweiten Tag erblickte ich auf dem Hinweg etwas Ungewöhnliches. Unmittelbar neben der Fußmatte bewegte flatterte die Fußmatte leicht. Durch ein recht großes Loch im Autoboden konnte ich manchmal die weißen Begrenzungsstreifen auf der Straße vorbeihuschen sehen.

»Dieses Auto ist schon sehr alt, aber ich kann mich nicht davon trennen. Bei der nächsten TÜV-Untersuchung werde ich wohl nicht drumherum kommen es zu verschrotten. Nochmal wird es die Werkstatt mit Schweißarbeiten sicherlich nicht herauszögern können. Ich werde mir ein neues Auto kaufen müssen«, erzählte sie mit trauriger Stimme. Frau Maier war noch sehr jung. Jedenfalls deutlich jünger als meine Mutter und die der meisten in meiner Klasse. Sie war kräftig mit einem lustigen Gesicht. Ich fühlte mich neben ihr sehr wohl.

»Wie kam es zu dem Loch und ist niemals etwas durch das Loch verlorengegangen«, fragte ich sie mit weit aufgerissenen Augen.

»Nein, denn normalerweise liegt die Fußmatte so, dass das Loch nicht auffällt und von oben verschlossen ist. Passe aber bitte auf, denn ich möchte nicht, dass du verloren gehst«, witzelte sie. Daniel lachte, ich schloss mich an und am Ende lachte das ganze Auto. Schade, dem Auto würde bald das Lachen vergehen. Dieser TÜV würde schon dafür sorgen. Er hatte die Aufgabe jedes Auto alle zwei Jahre zu überprüfen und herauszufinden, ob es noch gefahren werden durfte. Es konnte nämlich sein, dass ein beschädigtes Auto für den Fahrer und die Menschen auf den Straßen ein Risiko darstellte. Eines morgens schob ich während der Fahrt unauffällig die Fußmatte zur Seite und lies einen Buntstift fallen, den ich mit meinen Füßen ins Loch schob. Am nächsten Tag wollte ich nach diesem roten Stift Ausschau halten. Bis auf ein paar rote Holzsplitter war davon nichts mehr zu sehen.

Im Kunstunterricht in der fünften Stunde, eigentlich war es ja inzwischen die Theaterstunde, saßen bereits alle auf ihren Plätzen, als Frau Bergenwald die Klasse betrat. Sie machte kein glückliches Gesicht an diesem Morgen. Ich blickte mich um und war sehr verwundert, denn der Platz von Daniel war frei. Ich konnte in diesem Moment nicht genau nachvollziehen, ihn heute bereits gesehen zu haben. Doch klar, wir holten zusammen Kakao in der Schulpause.

»Guten Morgen Frau Bergenwald«, schallte es durch

den Klassenraum. »Guten Morgen alle zusammen. Ich habe heute leider keine guten Nachrichten mitgebracht. Daniel ist krank und wurde eben von seiner Mutter abgeholt. Es sieht leider danach aus, dass er mindestens bis Weihnachten ausfallen wird. Ihr wisst was das für unser Theaterprojekt bedeutet.«

Ein Raunen ging durch die Klasse und es wurde hektisch diskutiert. Alle redeten durcheinander und besonders Melanie bekam vor lauter Enttäuschung ein hochrotes Gesicht. Das war für sie und alle anderen ein Schlag ins Gesicht. Die ganze Mühe und die Arbeit sollte umsonst gewesen sein. Mist. Frau Bergenwald rief laut in die Klasse:

»Ruhe! Es nützt jetzt nichts, wenn wir alle durcheinander reden.« Man konnte eine Stecknadel fallen hören.

»Ich habe jetzt schon den ganzen Tag darüber nachgedacht, wie wir das Problem lösen können. Zuerst fragte ich Herrn Malisch«, er war unser Theaterlehrer, «ob er die Rolle von Josef spielen kann. Doch auch er hat gerade keine Zeit und arbeitet an einer Theaterproduktion für Silvester. Weil die Zeit bis zur Aufführung nun nicht mehr reicht, um den ganzen Text auswendig zu lernen, haben meine Kollegen und ich zusammen mit der Schuldirektorin beschlossen, die Aufführung abzusagen. Wir sehen leider keine andere Möglichkeit und sind am Boden zerstört«, sagte unsere Lehrerin mit verschränkten Armen und abgesenktem Blick. Sie fügte hinzu: »Meine Kollegen und ich müssen uns jetzt vorwerfen, nicht daran gedacht zu haben die Hauptrollen doppelt zu besetzen.« Sie hatte recht! Erneut war es still. Die Ruhe war kaum noch auszuhalten.

»Ich kann das machen«, platze es aus mir heraus. »Nur, wer spielt dann meine Rolle?«

»Wie meinst du das, Samu?«, fragte Frau Bergenwald

97

verwirrt.

»Na, ich habe mit Daniel zusammen geprobt und ihn wochenlang seinen Text abgefragt. Inzwischen kann ich nicht nur meinen Text auswendig, auch seinen habe ich fast komplett drauf.« Verwunderte Augen blickten in meine Richtung. Ich bemerkte, dass mir diese Situation nicht gefiel. Dieses Starren machte mich zornig.

»Was schaut ihr denn alle so komisch?«

»Nein Samu, du verstehst das nicht richtig«, platzte es nun aus Frau Bergenwald hinaus. »Wir sind alle sehr verwundert über dich. Damit konnte niemand rechnen und es ist ein Glücksfall, wenn es stimmt was du sagst. Wir finden für deine Rolle hoffentlich eine Lösung. Das sprechen wir gleich mit Herrn Malisch ab. Lasst uns heute proben was das Zeug hält. Kannst Du wirklich bis zur Aufführung den ganzen Text lernen?«

»Ich denke schon, klar.« Und mit diesen Worten wurde mir bewusst, dass es unausweichlich war meine Lippen auf die von Melanie zu drücken. So wie sie mich nun anschaute, dachte sie in diesem Moment vermutlich das Gleiche. Jetzt konnte ich nicht mehr zurück und wenige Minuten später befand ich mich mit Herrn Malisch und Melanie auf der Bühne. Meine Nebenrolle war Vergangenheit. Nun war ich Josef, der Zimmermann aus Nazaret und Ehemann von Maria, die Mutter von Jesus. Unfassbar.

Die Probe verlief gut. Natürlich brauchte ich an manchen Stellen Hilfe und vollkommen flüssig, so sagte Herr Malisch, war mein Sprechen noch nicht. Doch alle waren von meiner Leistung mehr als erstaunt und begeistert. Zum meinem Unglück gab es vor und nach einer Kussszene einen recht langen Dialog, den wir gefühlt zweihundert Mal wiederholten. Spätestens ab dem gefühlt zwanzigsten Mal mussten Melanie und ich darüber lachen, wie sich alles verändert hatte. Ich ärgerte sie nicht mehr, sondern spielte mit ihr Theater und küsste sie. Meine Nebenrolle und zwei Szenen wurde nun gestrichen und damit verkürzte sich das Stück um knapp 10 Minuten. Das war uns allen mehr als recht. In den nächsten Wochen fand ich mich nach der Schule stundenlang in der Küche wieder. Diesmal aber führte ich meiner kochenden Mutter extrem oft das Stück mit meinen sehr langen Monologen auf. Es wurde immer besser. Am Tag der Aufführung fühlte ich mich beinahe wie Josef. Doch die Aufregung und Nervosität war zu Beginn erschreckend. Ich hatte Angst, dass mir die Luft wegblieb und ich nur noch ein Röcheln von mir gab. Ich hatte Angst den Text zu vergessen, oder nur noch Blödsinn zu reden. Denn würde ich den falschen Text aufsagen, würden auch Melanie und viele andere im Anschluss nicht mehr wissen was sie zu sagen hätten. Es half mir sehr zu sehen, wie ausnahmslos aufgeregt meine Mitschüler waren. Wie sagte meine Mutter oft: »Geteiltes Leid ist halbes Leid.« Alex, meine Schwester, fand das affig. Denn sie empfand geteiltes Leid als doppeltes Leid. Nun gut, dann verdoppelte sich eben das Leid. Ich war es Leid über halbes oder doppeltes Leid nachzudenken. Herr Malisch und alle Schauspieler, sowie Theater-Handwerker und Lehrer, versammelten sich eine halbe Stunde vor Beginn in der Turnhalle.

»Liebe Schüler, liebe Lehrer. Heute ist es endlich so weit. Es wurde auch Zeit. Denn die ganze Arbeit soll endlich belohnt werden. Ich kann schon jetzt sagen, dass jeder und jede Einzelne von euch wirklich gute Arbeit geleistet hat. Eure Lehrer und ich haben entschieden, dass in eurem Zeugnis bei jedem und jeder eine eins oder eins minus stehen wird. Ich bin stolz auf euch und finde dieses Projekt mehr als nur gelungen. Ich danke euch für eure Arbeit. Ihr seid sicher alle aufgeregt. Das ist vollkommen normal. Auch ich bin vor jedem Auftritt so nervös, dass ich immer auf die Toilette muss.« In der riesigen Turnhalle klang sein Lachen vermutlich doppelt so laut.

»Geht jetzt auf die Bühne, versucht euer Bestes und vergesst nicht. Nur weil es Fehler in der Generalprobe gab, bedeutet dies nicht, dass sich alles in der Premiere wiederholt. Im Gegenteil. In der Theatersprache nennt man eine schlechte Generalprobe, eine gute Probe. Denn in den meisten Fällen kommen danach die besten Leistungen von jedem. Am Ende möchte ich euch noch schöne Grüße ausrichten. Daniel ist traurig nicht dabei sein zu können. Ihm geht es schon besser, und im neuen Jahr wird er wieder gesund sein. Und jetzt geht raus auf die Bühne und macht alles klar.« Daniel musste es damals in der Schule nach dem Kakao ganz schlecht gewesen sein. Und nach einem Besuch auf der Toilette holte ihn seine Mutter direkt ab. Bis auf wenige Aussetzer, war die Aufführung ein riesiger Erfolg. Sie verlief so gut, dass wir das Stück zusätzlich am nächsten Tag in einem anderen Theater aufführten. Jeder wollte mitmachen und nicht darauf verzichten, noch einmal dieses tolle Gefühl auf der Bühne zu erleben. Herr Malisch hatte schon lange, ohne uns Bescheid zu geben, für diese Aufführung im Programm eines kleinen Theaters Werbung gemacht. Es kamen über 100 Menschen und wir zeigten ein zweites Mal was in uns steckte. Inzwischen war das Küssen mit Melanie nichts Besonders mehr für mich. Ich mochte sie und vermisste in den nächsten Wochen die Bühne.

Kapitel 6 – Fröhliche Weihnachten

W o war denn dieses blöde weiße Röckchen, das wir immerzu in Weihnachtsliedern besangen? Wenn wir schon davon sangen, wäre es an der Zeit, dass es sich endlich zeigte. Schneeflöckchen und Weißröckchen. Im Ernst? Ab November machten meine Freunde und ich uns Hoffnung auf Schnee an Weihnachten. Auch am zweiten Weihnachtsfeiertag wäre er noch mehr als willkommen. Doch die Realität war gnadenlos. Oftmals konnten wir selbst in den Wintermonaten froh sein, mehr als nur ein Mal für ein paar Stunden die ein oder andere Schneeflocken zählen zu können. Vermutlich würden wir wieder einen Ausflug mit einer längeren Autofahrt machen müssen, um eine dicke Schneedecke zu finden, die Ski und Rodel tauglich war. Beispielsweise, wie so oft, mit den Freunden meiner Eltern und ihrem Sohn Boris. Wir sahen uns nicht oft, aber es wurde immer sehr lustig.

Ein Weihnachtsbaum war bei uns ein Muss. Meine Mutter wollte eine Edeltanne. Mein Vater und ich besorgten stattdessen immer ein anderes Gehölz. Und auch in diesem Falle wollte er unter allen Umständen nicht zu viel Geld ausgeben. Deshalb kaufte er nicht nur keine Edeltanne, sondern am Tag vor Heiligabend eine letzte übrig gebliebene Fichte an einem Weihnachtsbaum Verkaufsstand. Das war der Grund warum die Bäume bei uns jedes Mal ganz spezielle Formen hatten. Manchmal war der Stamm gerade, doch die Anzahl der Nadeln war so gering, dass der Baustamm erkennbar war. Beide Mängel zugleich waren glücklicherweise in keinem Jahr vorhanden. Noch nicht! Als wir am Verkaufsstand, der sich auf einem kleinen Plätzchen an der Bahnhaltestelle Porz/Markt befand, ankamen, zeigte mein Vater auf einen wirklich sehr schönen Baum. Ich war überrascht, wie viele Bäume im Angebot waren. Ich erinnerte mich an das letzte Jahr, als nur noch drei Bäume angeboten wurden und vor uns in der Reihe bereits 4 Menschen standen. Es war ein Desaster. Der Baumhändler überließ uns einen Restbaum. Heute waren den anwesenden Kunden die Restbäume zu erbärmlich. Papa hatte dafür keinen echten Blick. Ihn interessierte eher der Preis. Und so erstanden wir eine Edeltanne, die winzig klein und etwas gebogen war. Ich wollte von meinem Vater wissen, ob es so etwas wie eine Krummzwergtanne gebe. Er lachte nur:

»Offensichtlich Samu. Und wir haben das Glück sie zu bekommen. Für einen Apfel und ein Ei.«

Ich fand diesen Vergleich affig und war sehr gespannt, wie meine Schwestern und meine Mutter auf dieses Zwergengewächs reagierten. Just in diesem Moment erblickte ich in einiger Entfernung die gewaltigen Umrisse von Svenjas Mutter Ramona Föhringer. Sie stand an der Ampel, setzte sich jedoch jeden Moment in Bewegung. Sie wollte sicherlich zum Parkplatz und dazu musste sie an uns vorbei laufen. Das wäre ein gefundenes Fressen, wenn sie allen von unserer Krummzwergtanne erzählen konnte. Nein, nein, nein. Das durfte nicht sein. Noch trennten uns etwa 50 Meter von ihr. Mein Vater bewegte sich schrecklich langsam, denn er trug den Baum und achtete penibel darauf, bloß keinen anderen Wagen mit einer Tannennadel zu berühren. Sie könnte ja einen Kratzer im Autolack hinterlassen. Blödsinn, doch nicht von einer Tannennadel. Er sollte sich gefälligst beeilen. Ich kannte das Auto der Föhringers. Es war ein roter BMW. Mein Blicke suchten nach ihm und ich hoffte ihn nicht in der Nähe unseres Parkplatzes zu finden. Während ich meinen Vater anschob und ihm sagte sich beeilen zu sollen, blieb Ramona kurz stehen und suchte etwas in ihrer Handtasche. Das war die Gelegenheit. Ich half Papa den Baum zu verstauen. Ich drückte und zog und schlug die Türen zu.

»Samu, was ist denn los? Bist du verrückt?« Gerade als Papa und ich einstiegen, hörte ich die Stimme von Ramona Föhringer.

»Hallo Samu, guten Tag Herr Baniiiiiiiii...«, sie zog das i immer in die Länge. Oh Gott, gleich würde Papa ihr sicher erzählen, dass wir einen Baum gekauft hätten. Sie würde ihn sehen wollen und somit könnte sie sich eine perfekte Weihnachtsstory zurechtlegen, die sie herum tratschen könnte. Am Besten in der Christmesse am Heiligen Abend. Glücklicherweise waren die Fenster beschlagen. Es war kalt und feucht. Der Baum war kaum noch zu erkennen. Danke, lieber Gott!

»Ich bin ja so im Stress. Habe doch tatsächlich Gewürze für den Braten vergessen.« Bei dem Wort »Braten« musste ich auf ihr großes Hinterteil schauen. Hoffentlich bemerkte sie es nicht.

»Und ihr, was habt ihr noch besorgt? Oder was macht ihr bei dem Weihnachtswirbel freiwillig hier?«, quetschte sie uns aus. Natürlich schaute sie uns dabei nur für wenige Augenblicke direkt ins Gesicht. Stattdessen schweifte sie wie gewohnt mit ihren Blicken ab. Es sah so aus, als suchte sie in jedem Auto nach einem Goldbarren oder etwas anderes Wertvolles.

»Papa, wir müssen doch noch dringend«, ich suchte nach einem Grund so schnell wie möglich aufzubrechen, »äääähm, müssen dringend zum.... zum.... Friedhof.« Die Blicke meines Vaters waren amüsant zu beobachten. Er verstand zuerst nicht was ich wollte. Dann aber sah er mich an und musste grinsen. Weil ein Grinsen im Zusammenhang mit einem Friedhof jedoch nicht angebracht war, verzog sich seine Mine neuerlich. In diese Moment wurde er sich bewusst, dass Frau Föhringer noch auf seine Antwort wartete. Ich übernahm sie.

»Wir haben hier geparkt«, ich übernahm die Antwort, »und müssen jetzt los und mein Vater wünscht ihnen ein frohes Weihnachtsfest. Stimmt´s Papa?« Ich nahm ihm jede Chance etwas zu sagen.

»Ja, das kann ich verstehen. Ich muss mich jetzt auch sputen«, sie blickte nach rechts und links und drehte sich kurz um, »denn die Familie versammelt sich in weniger als zwei Stunden. Ich möchte ihnen natürlich zeigen, wie toll ich«, ihre Augen vergrößerten sich, »alles herrichten kann. Bei euch gibt es dieses Jahr wahrscheinlich Kartoffelsalat?« Sie verpasste der Frage einen unangenehmen Unterton. Mein Vater war bereits mit einem Bein im Auto. Meine Tür war bereits geschlossen. Ich verabschiedete mich zwischendurch von Ramona mit einem sehr knappen

»Tschüss, frohe Weihnachten!«

»Woher wissen sie das?«, fragte er sie.

»Ich merke mir immer alles. Bei unseren Nachbarn gibt es an Heilig Abend Würstchen oder Bratlinge. Teilweise essen sie ja kein Fleisch«, sie verzog dabei ihr Gesicht. «Zum Nachtisch verlangen die Kinder Götterspeise. Am ersten Weihnachtsfeiertag essen sie immer auswärts«, sie nahm bereits Luft für den nächsten Satz.

»Wir müssen jetzt los, Papa«, schrie ich aus dem Innenraum des Autos. Endlich war sie still!

»Entschuldigung Ramona, Samu hat recht.«

»Jaja«, entgegnete sie ihm, »ich verstehe. Ramona

kommt aus dem Schwätzen nicht heraus.« Dabei lachte sie viel zu lange und blickte sich um.

»Was ist das eigentlich da hinten auf ihrem Rücksitz?« Als sie die Frage stellte, saß Papa bereits im Auto und drehte den Zündschlüssel um. Er überhörte ihre Frage. Sie bewegte sich zu ihrem Auto. Wir warteten ein oder zwei Minuten. Papa hatte die Heizung eingeschaltet und das Gebläse aufgedreht. Sehr langsam wurden die beschlagenen Fensterscheiben wieder durchsichtig. Noch bevor wir losfuhren, drückte sich der rote BMW an uns vorbei, hupte, stoppte kurz, hupte, Ramona winkte, rief etwas unverständliches, wollte anfahren, doch der Wagen war abgesoffen. Sie zündete, zündete, zündete, fluchte, zündete, fluchte und schlug auf das Lenkrad. Der Wagen sprang an, sie grinste, winkte erneut, rief etwas und bog in die Hauptstraße ein. Nun konnten wir endlich starten und diese äußerst erschreckende Frau würde am späten Abend in der Kirchmesse erneut versuchen direkt in meine Augen zu schauen. Doch sicherlich erneut vergeblich!

Im Auto schaute ich mir den Baum, der kurioserweise auf den Zentimeter genau auf den Rücksitz passte, von nahem an und musste lachen. Nicht einmal die Rücksitze mussten umgeklappt werden, so klein war dieses Bäumchen. Immerhin waren mehr Tannennadeln daran, als alle Nadeln der letzten Jahre zusammengezählt. An der nächsten roten Ampel stoppte hinter uns eine Familie in einem blauen Kleinbus. Wir hörten deren Musik bis in unser Auto hinein. Es wurde mitgesungen. Hinter uns erkannte ich eine Frau mit Kopftuch. Sie und ihr Mann sahen wie ein türkisches Pärchen aus. Türken würden das Weihnachtsfest nicht feiern, hatte meine Mutter mir gesagt.

»Damit ersparen sie sich eine Menge Arbeit«, hatte Jasmin darauf erwidert. Ich lachte, denn sie hatte Recht. An Weihnachten war unheimlich viel los und viele Menschen rannten durch die Fußgängerzone. Hektisches Treiben wohin ich schaute. Meine Mutter und meinen Vater schien das nicht zu stören. Meine Schwestern aber standen regelrecht unter Strom. Tobias hatte erzählt, dass seine Schwester Wiebke so viel einkaufte, dass sie nach Weihnachten weit mehr als die Hälfte umtauschen musste.

Auch meine Schwester Alex traf mit ihren Geschenken bei ihren Freunden nur selten deren Geschmack, so hatte ich den Anschein. Bei uns war das teilweise nicht anders. Im letzten Jahr schenkte sie unserer Mutter eine Brosche. Mama gab an diesem Abend und den nächsten Tagen vor, die Brosche gern zu tragen. Sie verklickerte ihr, dass sie sich darüber freue und sie genau das Richtige für sie gefunden hätte. Seit Silvester konnte ich diese Brosche nicht mehr an ihr sehen. Eines Abends, als die Eltern bei Freunden eingeladen waren und sich meine Schwestern um mich kümmern sollten, nutze ich die Zeit um in Mamas Schmuckkästchen zu stöbern. Die Brosche befand sich in einem Kästchen unter dem Kästchen in einer Schublade. Weiter weg hätte sie die Brosche nicht verstecken könne. Sollte sie sich wirklich über den Schmuck gefreut haben? Dies wäre der Gegenbeweis. Doch Alex hatte daraus nicht gelernt. Als sie mir ihr diesjähriges Geschenk für Mama zeigte, schaute ich sie vermutlich sehr verwirrt an. Ich war sprachlos. Woher hatte sie diesen merkwürdigen Geschmack. Sie machte sich wirklich Gedanken. Doch ihre Umsetzung war sagenhaft.

Meine Mutter liebte die Berge. Im letzten Jahr waren sie, Jasmin, Svenja, Alexander und ich in den Sommerferien für zehn Tage in Oberjoch, in Bayern. Mein Vater traf die Vorbereitungen um mit uns im Anschluss nach Den Helder in Holland zu fahren. In Bayern kehrte meine Mutter liebend gerne in unzählige kleine Kapellchen ein. In diesen Momenten bemerkte ich ihren starken Glauben an Gott. Zuhause war davon nicht viel zu spüren. In einigen Bergdörfern bewunderte sie Gartenzwerge.

»Guck mal Samu, die sind ja unheimlich süß«, hörte ich sie sagen. Sie bemerkte das jedoch nicht nur hin und wieder, sondern bei jeder Gelegenheit. Mich nervten diese blöden Grinsegesichter. Weil Alex sich viel merken konnte und sehr aufmerksam war, zählte sie eins und eins zusammen. In der Theorie kein schlechter Plan. Doch würde sich meine Mutter in diesem Jahr über ihr Geschenk freuen? Ein Gartenzwerg in Gestalt eines bayerischen Mannes in Lederhosen. Zusätzlich war er etwas größer als diese scheiß Zwerge es sonst waren. Alex zeigte mir dieses Wichtel. Dabei strahlten ihre Augen. Ich hatte fast den Anschein, sie freute sich mehr über das Ding, als meine Mutter überhaupt dazu in der Lage war. Hoffentlich würde sie nicht enttäuscht sein, wenn Mama heute Abend das Papier des Geschenks aufriss und sie fassungslos anschaute. Immerhin machte sie sich viel Arbeit und setzte große Erwartungen in den Abend. Was sie Jasmin, Papa und mir schenkte wusste ich nicht. Ich wollte es nicht wissen. Nur über eines war ich mir gewiss. Ich wollte niemals in meinem Leben einen Gartenzwerg an Weihnachten geschenkt bekommen. Vollkommen egal ob er bayerisch, italienisch, chinesisch oder griechisch aussah. Dann lieber leckeres Essen aus Bayern, Italien, China und Griechenland in einem Picknickkorb.

Wir standen weiterhin an der Ampel. Papa meckerte bereits. Wie konnte es sein, dass diese Ampel so lange auf rot schaltete? Unverschämt. Die Autoschlange wurde immer länger und es dauerte nur wenige Augenblicke bis Hupen ertönten. Inzwischen konnte die türkische Familie sich direkt neben uns auf der Rechtsabbiegerspur einordnen. Weiterhin erklang laute Musik. Der Wagen wippte. Mit einem Grinsen schaute ich den drei Kindern dabei zu, wie sie sich bewegten. Nach wenigen Momenten lachten sie zurück. In ihrem Kleinbus saßen sie etwas höher als wir in unserem Kombi Auto. Sie glotzen auf den Rücksitz und schauten verwundert auf den Baum. Obwohl sie sicherlich keinen Baum an Weihnachten in ihrer Wohnung oder ihrem Haus aufstellten, wussten sie wie in normalen Familien ein normaler Weihnachtsbaum auszusehen hatte. Ein neues türkisches Lied erklang, wiederholt wippte der Kleinbus. Diesmal aber zeigten die Pänz, dies war ein kölscher Ausdruck für Kinder, auf den Weihnachtsbaum und lachten noch etwas lauter. Es war soweit. Jetzt lachten sogar türkische Kinder über unseren Krummzwergbaum. Tiefer konnten wir kaum sinken.

Das war ja eine tolle Überraschung. Als wir in die Einfahrt bogen, blickten sechs erwartungsfrohe Augen aus dem Fenster.

»Mit was müssen wir wohl in diesem Jahr rechnen?«, konnte ich an den fragenden Augen hinter dem Fenster ablesen. Wobei ich nicht ausschließen konnte, dass Mama weniger Hoffnung, denn Zweifel ausstrahlte. Sie schien zu wissen was sie erwartete. Während mir der Krummzwergenbaum in Anwesenheit von Ramona peinlich war, machte ich mir nun überhaupt keine Sorgen. Sollten doch alle in der Straße sehen, wie erbärmlich wir am Abend vor dem Baum sitzen würden. Viele

Geschenke passten sowieso nicht darunter, so dass wir einen Beistelltisch aus dem Keller holen mussten. Als die Spitze der Tanne sichtbar wurde, erkannte ich in Mamas Augen nun doch Hoffnung aufblitzen. Immerhin hatte sie kurzzeitig die Spitze eines Edel-Tännchens gesehen. Doch das Blitzen kehrte sich rasch um. Als Papa dieses Ding, so nannte es Jasmin die restlichen Tage, zur Tür brachte, begann zuerst Jasmin zu kreischen. Alex reihte sich ein und Mama war am Ende nicht weniger lautstark am lachen. Im Flur angekommen hörten wir die Schritte von Tante Anna. Klock, klock, klock, klock.... Es gab von Jasmin viele ironische Bemerkungen zu dem Baum. Deutlich mehr als an normalen Tagen. Jasmin übertraf sich selbst:

»Das passiert also, wenn Frauen ihre Männer schicken. Habt ihr gedacht, wir würden über Weihnachten in ein Puppenhaus ziehen?«

Der hatte gesessen und sie setzte noch einen hinterher:

»Vielleicht tun wir euch Unrecht. Es ist eine Tanne aus dem Schlumpfenland. Oder ist es ein Tannenbaum-Bausatz und ihr habt aus Versehen das untere und obere Teil direkt ineinander gesteckt?«

Aufs Stichwort erschien Tante Anna im Wohnzimmer. Sie schaute auf den Baum, schaute dann auf uns und fragte Mama, ob sie den Blumentopf mit dem Ding gekauft hätte. Sie meinte es ernst. Dieser Anblick war kaum zu toppen. Sie hatte sich fein gemacht und war offensichtlich in Weihnachtsstimmung. »Wenn ich das gewusst hätte, wäre ich in den Wald gegangen und hätte einen stattlichen Baum geschlagen. So, wie es früher die Jungs in Minnheim an der Mosel machten.« Dort kam sie nämlich her. Im Hunsrück war sie von Kindesbeinen an in den Weinbergen tätig gewesen. Sie erzählte oft davon, wie hart die Schufterei früher war. Das Weingut lief sehr lange sehr gut und der Wein verkaufte sich von Jahr zu Jahr besser. Die Familie machte sich in dieser Region einen guten Namen und gewann zahlreiche Preise für den Mosel-Riesling.

»Jetzt wo ich den Baum sehe, möchte ich bitte ein großes Glas Wein oder einen Weingeist. Sowas habe ich noch nie gesehen«, sagte und lachte sie. Ich glaub es war der witzigste Weihnachtsvormittag, den wir jemals erlebten. Äußerst lustig war das Zwergenbaum-Schmücken. Das Lametta wirkte in diesem winzigen Bäumchen, laut Meinung von Alex, wie Girlanden, die normalerweise in den Straßen hingen. Hoffentlich würden die Ästchen nicht abbrechen. Die Christbaumkugeln sahen vergleichsweise aus wie Kegelkugeln. Der Tag verging sehr schnell und das Spritzgebäck wurde vor dem Fernseher, in dem Weihnachtsmärchen liefen, in sich hineingestopft. Es fiel mir sehr schwer, aber ich hielt mich zurück. Ich redete mir ein, es nütze etwas jedes einzelne Plätzchen länger zu kauen, um bald nicht noch mehr Gewicht auf die Wage zu bringen. Mama machte sich wirklich nicht sehr viel Arbeit an Heiligabend. Ihr Kartoffelsalat war sensationell. Das bestätigten vor allem die Freunde meiner Eltern, wenn sie im Keller feierten. Da war vielleicht was los.

Mama hatte vor Tagen die Frage in die Familienrunde geworfen, ob wir denn vor der Bescherung ein wenig Weihnachtsmusik spielen könnten. Die Reaktion war überaus enttäuschend. Sie hatte sich die Reaktion vermutlich deutlich konstruktiver vorgestellt.

»Samu, du kannst doch Blockflöte spielen. Meinst du«, sie schaute mich intensiv an», es reicht für *Oh Tannenbaum* oder *Stille Nacht?*«, richtete sie die Worte an mich.

»Ich habe keine Noten dafür.«

»Vielleicht kann ich bei den Leserhaus danach fragen, ob sie uns die Noten ausleihen«, sie deutete auf die andere Straßenseite, auf das Haus der Leserhaus.

»Dann frag bitte direkt, ob mein bisheriger Unterricht ausreicht, um die Akkorde der Lieder zu spielen. Wir haben bisher noch nicht alle Griffe gelernt.« Jasmin verdrehte die Augen. »Oh Gott«, sagte sie in einem motzigen Ton.

»Mach du doch mal was.«, ich schrie sie an, »Meckern kannst du gut, aber eigene Vorschläge hast du nie!« Der hatte gesessen. Alex bestätigte meine Meinung und fügte hinzu, dass sie dazu singen werden.

»Jaja, dann mach ich halt mit. Das bisschen Singen bekomme ich auch noch hin.« Tante Anna stimmte schon jetzt das *Stille Nacht* ein. Ich sang sofort mit, ebenso meine Schwestern Jasmin. Doch sie wohl eher aus Gefälligkeit. Papa saß daneben auf der Couch und war völlig unbeteiligt in die Zeitung vertieft. Ich hoffte in diesem Moment keine weiteren schlechten Nachrichten zu erfahren. Die aufgeschlagenen Seiten der Zeitschriften und Zeitungen schaute ich mir nicht mehr an. Ich beachtete sie nicht. Ich machte einen großen Bogen darum und versuchte diese Vampirmeldung möglichst zu verdrängen.

»Mama, kann es sein, dass es vielleicht doch Vampire gibt?«, fragte ich sie gespielt beiläufig in den letzten Tagen. Sie lachte über diese Frage und garantierte mir, keine Sorgen haben zu müssen. Wenn sie wüsste!

Tante Anna war gegen 19:00 bereits ziemlich angetrunken. Auch Alex schaute ein wenig zu tief ins Glas und war unheimlich witzig und schlagfertig. Jasmin bedauerte es sehr, sich nicht daran beteiligen zu dürfen. Sie war erst zwölfeinhalb und unsere Eltern sagten sie solle noch ein paar Jährchen mit alkoholischen Getränken warten. Mich interessierte das Zeug nicht. Ich hatte während einer Party bei uns im Keller ab und zu heimlich an einigen Gläsern der Gäste die letzten Tropfen probiert. Das war nichts für mich. Eine Ausnahme gab es allerdings. Es waren ein süßer Likör, der nach Kokos schmeckte. Davon konnte ich nicht genug bekommen. Doch ich benetzte mir höchstens die Zunge damit. Davon hätte ich auch mehr trinken können. Den Geschmack von Alkohol fand ich nicht so schlimm.

Meine Mutter reichte mir die Noten und ich begann etwas zu flöten. Ich brauchte eine Weile, bis ich in der Lage war die unterschiedlichen Blockflötengriffe einigermaßen fließend aneinander zu reihen. Der Gesang kam deshalb schneller als ich die Töne auf meiner Flöte spielen konnte. Ich begann zu schwitzen. Meine Stirn wurde feucht und zu allem kam, dass meine Tante einen unnachahmlichen Gesichtsausdruck hatte, wenn sie sang. Es war zum Schießen. Sie schnitt dabei die unheimlichsten Grimassen. Bei jedem einzelnen Vokal a, e, i, o und u verformte sie das Gesicht so, dass sie ihr Gebiss herausstreckte, ihre Zähne. Ich sah nach etwa einer Minute nur noch Zähne. Ich grinste, Speichel floss in die Flöte. Meine Mutter titschte mich von der Seite an. Ihren Gesichtsausdruck kannte ich zu gut. Darin konnte ich lesen, mich zusammenreißen zu sollen. Allerdings erkannte ich darin auch, dass sie selbst extrem amüsiert war und das zu unterdrücken versuchte. Für meinen Vater, der sich dieses Spektakel interessiert anschaute, jedoch nicht mitsang, musste das ein kurioses Bild gewesen sein. Er war es plötzlich, der leise zu kichern begann. Tante Anna war davon weniger begeistert. Natürlich vermutete sie direkt einen Affront gegen sich selbst und ihre begnadete Stimme. Ein Attentat auf ihren göttlichen Gesang. Das Resultat war, dass sie noch lauter sang und sich zu ihrem Gesichtsausdruck ein gewisser Ärger mischte. Die Stimmung war kurz vor dem Überkochen. Es musste nur noch ein Tropfen ins Fass fallen und es würde nicht nur überlaufen, sondern explodieren. In diesem Moment spazierte unsere Katze Mieze hinein. Sie setzte sich in die Mitte des Wohnzimmers und legte die Ohren an. Bei jedem Ton aus der Blockflöte schaute sie irritiert zu mir herüber. Dann legte sich sich flach auf den Boden, schloss die Augen und streckte sich völlig tiefenentspannt. Nun war der Moment erreicht. Verrückter konnte es nicht mehr werden. Ich prustete in die Flöte. Speichel spritzte aus dem Mundstück. Innerhalb weniger Sekunden überkam mich ein solcher Lachanfall, dass ich nicht mehr atmen konnte. Papa und Jasmin platzen ebenso aus sich heraus. Nun sangen lediglich noch Tante Anna, Alex und Mama. Am Ende hielt nur noch unsere Tante dagegen. Sie grinste und sang weiter. Das animierte die lachende Runde noch lauter zu kreischen.

Nach dem Abendessen folgte die Bescherung. Ich war mir nicht sicher woran es lag, denn wir waren allesamt mehr oder weniger müde. Lachen ist ja bekanntlich nicht nur gesund, es machte offensichtlich auch müde. Auch die Bescherung war sehr komisch. Das besagte Geschenk von Alex an Mama schlug ein wie eine Bombe. Hoffnungsfroh übergab sie ihr das Geschenk. Es hatte ein ordentliches Gewicht und Mama war sichtlich ratlos, was denn unter dem Papier zum Vorschein kommen könnte. Anscheinend war ich der einzig Eingeweihte. Auch Jasmin, Tante Anna und Papa machten neugierige Augen. Die Verpackung der Figur zauberte ein nicht endendes Grinsen auf alle Gesichter. Mama war extrem überrascht. Sie wirkte hin und her gerissen. Sie entschied sich für ein großes »Danke«.

»Mensch Alex. Ich bin schon wieder erstaunt, welches Erinnerungsvermögen du hast und wie gut du kombinieren kannst«, sagte sie mit einer völlig ernsthaften und ehrlichen Mimik. »Wo hast du denn diesen Zwerg gefunden? Das hat dich doch bestimmt eine ganze Menge Mühen gekostet. Mache dir doch nicht so viel Arbeit«, fügte sie hinzu.

»Aber genau das macht mir am meisten Spaß. Ich weiß, ich treffe nicht immer den Geschmack. Doch auf einen Versuch werde ich es immer ankommen lassen«, erwiderte Alex.

»Genau!«, mischte Tante Anna sich ein. Und weiter: »Ein Geschenk machen kann jeder. Töpfe, Parfums, Ringe oder ein tolles Gerät kann jeder. Ich finde es zwar sehr ungewöhnlich, doch Greta scheint sich darüber zu freuen. Außerdem passt der Zwerg auch hervorragend zum Tannenbäumchen und«, wieder wurde gekichert und sie kam nicht mehr dazu den Satz zu vollenden. Der Zwerg zierte seit dem ersten Weihnachtsfeiertag bis heute das Blumenbeet im Vorgarten. Wer ihn entdeckte musste schmunzeln. Befand sich gerade jemand von uns in der Einfahrt, wurden wir nicht selten darauf angesprochen. Nur einmal kam ein alter Herr vorbei, so erzählte mein Vater, der sich über den Zwerg ausließ. Er hoffte angeblich, dass der Zwerg nicht Papas Idee war und lief einfach weiter.

Ich war dran und packte mein Geschenk aus. Dabei hoffte ich natürlich auf die Spielkonsole und riss das Paket auf. Darin fand ich eine Sammlung an Spielen für einen Atari 2600. Zudem überreichten Mama und Papa mir ein labbriges Paket, das sich kurz darauf als eine wirklich coole Hose herausstellte. Während sie es mir überreichten, erklärten sie mir, dass ich den Atari erst zum Geburtstag Anfang Januar erhielt. Sozusagen als Hauptgeschenk. Ich müsste also noch etwas warten und könnte mich darauf freuen die Spiele demnächst zu benutzen. Dazu erwiderte ich, dass mich die Vorfreude vermutlich umbringen würde und ich deshalb nur noch wenig von dem Geschenk hätte. Beide Schwestern rollten wie gewohnt ihre Augen.

»Was habt ihr jetzt schon wieder?«

Tante Anna saß dabei und sagte nichts. Was würde ich wohl von ihr erhalten? Ich übergab ihr mein Geschenk. Es war ein Halstuch, das perfekt zu ihrem Lieblingskleid passte. Mama und ich hatten es vor Wochen bei Kaufstadt entdeckt. Ich bezahlte es fast komplett, Mama gab nur wenig dazu. Die feinen Muster auf Kleid und Tuch passten perfekt zueinander. Ich war erstaunt. Tante Anna trug es den ganzen Abend stolz um ihren Hals. Nun gab sie mir ein Kuvert. Es würde Geld sein. So war es immer. Sie sagte immerzu, dass wir uns davon kaufen könnten was wir wollten. Ich fand das auch in diesem Jahr sehr großzügig und umarmte sie sofort.

»Schau in den Umschlag«, flüsterte sie mir zu. Ich zog die Karte heraus und las:

»Dieses Jahr kannst du dir leider nichts wünschen.« Ich bemerkte, dass das Geld fehlte. Ich las weiter «Schau doch mal hinter den Fernseher. Frohe Weihnachten.«

Ich ging ruhig und langsam zum Fernseher, beugte mich darüber und nahm das Paket entgegen. Ein Karton, nicht besonders schwer. Ich öffnete es und fand darin den Atari 2600. Mir wären beinahe meine Augen aus dem Kopf gefallen. Das Ganze war ein abgesprochenes Spiel. Sie hatten mich wirklich komplett verarscht. Nun umarmte ich Tante Anna und wollte nicht mehr loslassen.

»Bedanke dich auch bei deinen Eltern«, sagte sie anschließend.

»Samu, das ist dein Weihnachts- und Geburtstagsgeschenk. Warum solltest du bis zum Geburtstag warten, wenn du jetzt in den Ferien so viel Zeit hast? Aber, du sollst uns bitte immer um Erlaubnis fragen. Wir möchten nicht, dass du die Schule deshalb weniger ernst nimmst. Also, sag uns wenn du spielen möchtest.« Von dem Moment an schrie ich jeden Tag mehrere Male durchs Treppenhaus und fragte Mama nach ihrer Erlaubnis. Jasmin und Alex waren davon oftmals genervt. Aber es blieb für lange Zeit bei der Abmachung zwischen Mama, Papa, Tante Anna und mir. Es war wirklich sehr großzügig und ich wunderte mich, dass meine Schwestern nichts sagten. Ich erwartete Kommentare wie:

»Ist das nicht ein wenig zu viel für Samu, in dem Alter?« Doch wahrscheinlich verhinderte mein Vater solche Gedanken, indem er die Verhältnisse von Anbeginn klärte. Jeder durfte spielen. Es müsse sich friedlich geeinigt werden. Wenn es Streit gäbe, dürfte keiner spielen. Unerwartet waren meine Schwestern und ich uns von diesem Moment an einig, dass wir uns daran hielten. Bis auf wenige Ausnahmen und einige Ermahnungen, teilten wir das Gerät miteinander.

Kapitel 7 – Die Jasmin- und Samushow

Zahlreiche Stunden vergingen mit dem nigelnagelneuen Atari 2600. *Nigelnagelneu* nannte Tante Anna diese Elektronik mehrmals am Tag. Sie benutzte, als einzige mir bekannte Person, den Begriff »Elektronik« für ein Computerspiel. Sie saß auf der Couch und beobachtete, wie wir auf dem Boden vor dem Fernseher Spiele wie *E.T.*, *SuperTennis* oder *Asterix* spielten. Auch Alex war davon sehr begeistert. Es war so, wie Daniel Massi es vorher geschildert hatte. Die ganze Familie saß vor dem Fernseher und spielte, oder schaute zu. Mama und Papa spielten nur selten. Dafür Jasmin, Alex und ich umso mehr.

Das Weihnachtswetter war ein Graus. Es regnete und Papa las drei Grad vom Thermometer ab. Am zweiten Weihnachtsfeiertag kam der Moment, an dem wir um 11:00 angezogen und fertig seien sollten, um gemeinsam nach Erftstadt zu fahren. Dort wohnten die Sirins. Michaela und Boris waren deren Kinder und meine Freunde. Herr Sirin wollte Georg genannt werden, war Perser und seine Frau Lilo war deutsche. Bei meinen Eltern war es ähnlich, nur dass mein Vater aus Jordanien kam. Georg war ein ausgezeichneter Koch und Gastgeber. Das Essen schien niemals aufzuhören. Diese persischen Spezialitäten waren meistens sehr lecker. Alex mochte es nicht scharf und hatte bei manchen Speisen ihre Probleme. Wie gewohnt schwitzte meine Mutter aufgrund der exotischen Gewürze und trank deshalb sehr viel. Hätte sie sich im Spiegel gesehen, würde sie an Mirko Schanaze denken müssen. Sie hätte wahrscheinlich den halben Abend im Bad verbracht, um alles abzutupfen. Das machte sie bei Tisch ohnehin unentwegt, doch sie bemerkte es meistens nicht, glaube ich. Bei den Sirins war es immer sehr gemütlich und warm. Sie heizten fast ausschließlich mit Holz. Im Haus roch es dementsprechend immer nach Holz und Kamin. Ich fand das großartig, nur Mama konnte der Hitze nichts abgewinnen. Frau Sirin hatte sich entweder an die sehr warmen Temperaturen gewöhnt, oder es war ihr schon immer erträglich. Alex und Michaela waren etwa im gleichen Alter und hatten sich eine Menge zu erzählen. Jasmin war oftmals dabei, fühlte sich aber manchmal anscheinend wie das berühmte fünfte Rad am Wagen. Sie genoss es bei den Sirins mit am Tisch zu sitzen und war von den arabischen Gewürzen, sie sagte es selbst so, geflashed. Nach den letzten Besuchen bei den Sirins, bat sie meine Mutter darum arabisch zu kochen. Dieses Bitten und Betteln erstreckte sich über Wochen und kam mir schon nach wenigen Tagen zu den Ohren raus. Meistens ging sie auf ihren Wunsch ein und kochte etwas aus einem persischen Kochbuch. Ihr gelang das aber nicht so gut wie Georg. Deshalb erfüllte Jasmin ihre arabisch-kulinarischen Gelüste bei den Sirins. Papa konnte nicht so gut kochen und konzentriere sich auf eine Speise, die im sehr gut gelang. Es waren gefüllte Weintraubenblätter mit Tahin-Sauce. Diese bestand zum größten Teil aus Knoblauch und schmeckte wunderbar. Mama war es nach diesem Essen sehr unangenehm mit Nachbarn in direkten Kontakt zu treten. Ich bin mir nicht sicher, aber ich glaube bemerkt zu haben, dass sie nach einem sehr knoblauchhaltigen Essen öfter telefonierte und seltener unter Menschen ging. Selbst in der Schlange an der Kasse wollte sie auf Nummer sicher gehen, nicht zu sehr nach Knoblauch zu riechen. Sie versuchte Abstand zu anderen Personen zu halten, doch das war kaum möglich. Für diese Weintraubenblätter mit Sauce musste sie eben ein Opfer erbringen. Ich finde, sie stellte sich sehr an und nervte damit. Vermutlich fiel das den meisten Menschen überhaupt nicht auf. Glaubte sie so etwas wie ein rauchender Vulkan zu sein? Mama als rauchender Vulkan? Über den Gedanken musste ich lachen.

Lilo hatte eine tolle Lache und sah etwas jünger als Mama aus, obwohl sie im gleicher Alter waren. Sie hatte sehr lange Haare, die als Zopf um ihre Schultern baumelten. Sie redete und lachte sehr viel, war immer in Bewegung und kümmerte sich um Geschirr, Getränke, Abwasch und vieles mehr. Es war 12 Uhr und das Mittagsessen gab uns die notwendige Energie. Wir hatten eine Fahrt von knapp einer Stunde vor uns. In Hellenthal in der Eifel wartete nasser Schnee auf uns. Zumindest fürs Rodeln sollte er angeblich reichen. Wir waren gespannt. Ich fuhr bei Georg und Lilo mit, erzählte Boris von unserem neuen Atari 2600 und meinte, dass er uns bald mit seinen Eltern besuchen kommen sollte. Lilo hörte das und erzählte von der Silvesterparty, die ohnehin bei uns stattfinden sollte. Deshalb kämen sie ohnchin in vier Tagen zu uns. Boris freute sich und zeigte mir sein Geschenk. Es war ein kleiner flacher Computer, den man in einer Hand halten konnte. Es waren zwei Computerspiele darauf. Wir spielten abwechselnd während der Fahrt und er brachte mir das Spiel bei. Die Zeit verflog sehr schnell und um uns herum wurde es auf den letzten Kilometern immer weißer. Zunächst blieb der Schnee nur auf den Wiesen und Bäumen liegen. Nach kurzer Zeit war es auf den Straßen ziemlich glatt. Papa fuhr den anderen Wagen und erreichte uns nur zwei Minuten später. Nun war es nicht mehr weit bis nach Hollerath in Hellenthal. Dort fanden wir eine Skipiste und einen Rodelhang. Die Schneedecke war etwa 10 Zentimeter dick. Durch den Schneematsch an einigen Straßenrändern drang die Feuchtigkeit durch meine Schneestiefel. Und genau das hasste ich. Nasse Füße. So, wie beim Fußball auf dem regennassen Schulhof in den Schulpausen. Nun konnte ich nichts dagegen machen. Ich stapfte mit nassen Füßen durch den Schnee. Der Rodelhügel war stellenweise ziemlich steil. Anfangs machten Mama und Lilo Theater, weil sie uns Kinder nicht fahren lassen wollten. Bei der ersten Abfahrt fuhren Boris und ich zusammen mit unseren Vätern, ab der Zweiten ganz allein. Unsere Mütter verfolgten das wenig begeistert. Michaela, Alex und Jasmin standen am Skilift und schauten dem Treiben zu. Sie mieteten sich nach kurzer Zeit Skier und versuchten ihr Glück auf dem Idiotenhügel. Wenn ich dabei an meine Schwestern dachte, hätte ich sie direkt von Anfang an dorthin gebracht. Wer von beiden würde sich wohl als der größere Idiot herausstellen?

Für Michaela war es nicht das erste Mal. Das merkte jeder ihrem Fahrstil an. Sie war um Längen besser als Alex. Doch zwischen ihrem und JasminsTalent gab es keine großen Unterschiede. Jasmin hatte ein ungewöhnlich gutes Gefühl für Schnee und Ski. Sie war offenbar die Einzige, die das nicht begriff. Nur so ließ es sich erklären, dass sie kreischend die Piste hinunterfuhr. Ihr Kreischen dauerte vom Moment des Losfahrens bis zum Stillstand an. Mit jeder kleinen Welle, über die sie fuhr, hatte das Kreischen einen leicht veränderten Klang. Ich fragte mich, wie sie es ohne neuerlich Luft zu schnappen bis ins Ziel schaffen konnte. Sie war nicht nur ein

Hingucker, sondern ein mindestens gleichwertiger Hinhörer. Besonders sportlich hatte ich meine Schwester in den seltensten Fällen erlebt. Ich kann mich erinnern, dass sie Sport ätzend fand. Das hatte sie vor einiger Zeit behauptet. Wahrscheinlich lag es aber daran, dass ihre Sportnote im Zeugnis schlechter ausfiel, als sie es erwartet hatte. Beim Volleyball wiederholte sie angeblich ihre Fehler, ohne die Ermahnungen des Sportlehrers zu beachten. Sie wollte ihm nicht folgen, nahm den zugespielten Ball an und legte sich ihn für den eigenen Schmetterschlag bereit. Das durfte sie nicht. Sie müsse ihn abspielen, so erklärte es ihr Lehrer immer und immer wieder. Wenn sie es schaffte darauf zu achten, berührte sie stattdessen hin und wieder das Netz. Auch das war nicht erlaubt. Sie zweifelte in diesen Fällen die Entscheidung an und pochte auf eine Wiederholung, obwohl sie mit ihrer Meinung allein dastand. Ihre Freundinnen zogen sie bei uns Zuhause damit auf und das war ihr sichtlich unangenehm. In diesen Situationen nämlich verzog sie ihre Mundwinkel und spitzte die Lippen. Ihr berühmtes Augenrollen folgte auf den Punkt und letztendlich drückte sie mit ihrer Zunge, bei geschlossenem Mund, die Unterlippe heraus. Ich liebte diesen Anblick, hätte sie mich nicht immerzu genervt.

Sie düste bereits zum siebten Mal die Piste herab und wurde mit jeder Wiederholung schneller. Das Kreischen nahm in seiner Intensität nur unwesentlich ab. Die Jasmin-Show ging weiter und offensichtlich freuten sich die anderen Skifahrer des Idiotenhügels über diese Unterhaltung. Alex und sogar Michaela konnten ihr nicht mehr folgen. Jasmin war aufgedreht wie ein Wirbelwind. Um das Bild komplett zu machen, hätte sie nur noch Fackeln in der Hand halten müssen. Mit zunehmender Geschwindigkeit verlor sie den Überblick und bald war das maximale Tempo erreicht. Es kam nun häufiger vor, dass sie ihren Mitfahrern den Weg abschnitt. Davon wenig begeistert gab es nun vermehrt lautstarke Beschwerden. Papa erkannte das und stoppte sie kurz vor dem Ziel. Er wies sie zurecht und verlangte eine kurze Pause. Die Show war zu Ende.

Boris und ich fuhren weiterhin um unser Leben. Es hob uns an einer bestimmten Stelle der Rodelpiste immerzu aus der Bahn. Ein kleiner Buckel der Piste war Schuld daran. Es gab nun einen Wettbewerb zwischen allen Rodlern. Wer es schaffte über den Buckel zu kommen, kurz abzuheben und dennoch im Schlitten zu bleiben, erhielt einen kurzen Applaus. Boris näherte sich mit seinem Schlitten dem Hindernis und wurde abgeworfen. Dies war nun eine weitere Landung im nassen Schnee. Ihm folgten fünf weitere Rodler, nur einer hatte es mit viel Mühe geschafft das Ziel zu erreichen. Nun war ich an der Reihe. Ich hatte einen dieser roten Schalensitze mit jeweils einer Handbremse auf jeder Seite, die wie ein Griff geformt war. Großen Einfluss auf das Fahrverhalten hatte man damit nicht. Es war nicht einfach den eigenen Schlitten von denen der anderen unterscheiden zu können. Es konnte doch nicht nur dieses eine Modell in dieser Farbe geben! Komisch. Ich saß im Schlitten und schlitterte langsam auf den Punkt zu, an dem es kein Zurück mehr gab. Kurz davor langte ich in den Schnee und gab dem Schlitten und mir einen Ruck. Mist, der Schlitten taumelte und es war nicht viel Zeit um ihn so auszurichten, dass er frontal auf den Buckel zusteuerte. Denn nur so konnte er gemeistert werden. Ich schweifte zu weit nach links ab und musste deshalb also auf der rechten Seite etwas abbremsen. Doch nicht zu viel, sonst würde er nach rechts abdriften. Kurz vor dem Hügel steuerte ich beinahe frontal auf ihn zu. Ich fühlte kurzzeitig das Abheben des Schlittens und dahinter bohrte er sich wieder in die Piste. An dieser Stelle war die Schneedecke von den vorher Fahrenden ziemlich abgetragen. Bei jeder Landung wurde Schneemasse zu den Seiten geschleudert. Ich war immer noch unterwegs, konnte aber meinen Augen kaum trauen. Statt vorwärts, fuhr ich nun rückwärts. Ich wusste nicht mehr wer oder was sich mir in den Weg stellen konnte. Ausweichen war unmöglich. Außerdem hatte ich ein irres Tempo drauf. Ich überlegte kurz, mich in den Schnee fallen zu lassen. Nein. So würde ich komplett nass werden und außerdem war die Fahrt eigentlich ziemlich verrückt und machte Spaß. »Hey«, schrien einige auf der Piste, an denen ich vorbeiflog.

»Kannste nicht aufpassen?! Pass auf, da steht doch...«, warnte mich eine Frau mit gelber Hose. Ich war mir bewusst, dass es nun nicht mehr lange dauern konnte, bis ich irgendwo aufprallte. Doch auf wen oder was? Ich sah nichts. Zu kontrollieren war das Gefährt kaum noch. Ich riss fest am linken Griff, doch er knackte nur. Eine weitere Bremsung wäre für den Griff wahrscheinlich sein letzter Einsatz gewesen. Der Schlitten drehte sich plötzlich ein wenig und ich konnte für wenige Momente nach oben schauen. Die Position, von der ich losgefahren war, konnte ich kaum noch erkennen. Das Tempo ließ nach. Nun knallte ich etwas unsanft gegen einen aufgeschütteten Schneeberg. Es war der Schnee, den die Schneeraupe bei ihrer Arbeit die Straße vom Schnee zu befreien, aufgetürmt hatte. Ohne den Schneeberg wäre ich auf die vielbefahrene Straße gerutscht. Das wäre wirklich gefährlich gewesen. Zum Glück blieb ich ohne Verletzungen. Nach etwa 15 Minuten Aufstieg erreichte ich erneut die Startposition. Boris wartete auf mich und war vollkommen aus dem Häuschen.

»Mensch Samu, das war eine echte Show. Wie haste das denn gemacht? War das Absicht?«

»Na klar«, ich log ihm unverblümt in Gesicht »wenn ich schon da runter düse, dann möchte ich was erleben.« Durch die ganze Bewegung schwitzten wir unter unseren Winterklamotten. Trotz des einsetzenden Schneetreibens, mussten wir uns vor lauter Hitze unter den Winterklamotten aufknöpfen. Es dampfte, wir dampften, alles dampfte! Boris reichte mir die geschlossene Hand und bat mich daran zu riechen. Widerlich, was war das denn? Es stellte sich heraus, dass Boris in sie hinein gefurzt hatte. In solchen Momenten hätte ich ihm gerne ins Gesicht gespuckt. Ich nahm einen großen Berg Klebeschnee und steckte ihm diesen in den Nacken seines aufgeknöpften Schneeanzugs. Mit Freude sah ich ihm nun dabei zu, wie der Schneeklos sich den Rücken herunter seinen Weg bis zur Unterhose bahnte. Der Gesichtsausdruck war unbezahlbar. Nun waren wir quitt, dachte ich. Im nächsten unbeobachteten Moment klatschte ein Schneeball an meine Nase.

Unsere Eltern und Geschwister hatten sich um uns versammelt.

»Jetzt gibt es eine richtige Wintersuppe«, gab Lilo von sich. Das Restaurant war nicht nur gut besetzt. Es war kein Platz mehr frei. Der Boden war nass und es roch neben leckerem Essen nach Schneestiefeln, durchgeschwitzten Handschuhen und Schals.

»Hier können sie gleich Platz nehmen«, brüllte uns eine Bedienung zu. Es war laut, sehr laut. Boris gähnte, Jasmin rollte ihre Augen. Langsam war das mit den Augen mehr als nur affig. Sehr ideenreich war meine Schwester nicht. Natürlich konnte ich an dieser Stelle nicht wissen, dass wenige Minuten zuvor eine Jasmin-Show auf dem Idiotenhügel zu beobachten war. Lilo und Mama schauten sich suchend um, ihre Männer schritten auf einen Tisch zu, von dem sich alle erhoben. Nur zwei Personen rührten sich nicht. Alex und Michaela saßen bereits daran. Was?

»Wir haben für alle einen Pfefferminztee bestellt«, schrie Alex mindestens genau so laut durch den Raum wie zuvor die Bedienung.

»Manchmal ist mir meine Tochter wirklich etwas unheimlich«, sagte Mama daraufhin. Lilo lachte so laut, dass sie die Lautstärke des Raumes kurz unterbrach und übertönte.

»Boris, warum bist du so nass«, fragte sie ihn bei Tisch.

»Wir sind doch die Piste heruntergefahren und der Schnee war teilweise richtig tief und nass«, antwortete Boris.

»Aber Samu war doch auch dabei«, sie hakte nach, »und er ist nicht so nass wie du.«

»Ich war einfach schneller«, sagte und lachte ich zugleich.

Boris: »Lach lieber nicht zu früh Samu. Wenn wir nachher wieder auf der Rodelpiste sind...« Michaela unterbrach ihn.

»Wir fahren nach dem Essen wieder.«

»Na toll. Dann hat Samu Glück gehabt«, antwortete er ihr. Ich grinste und war mir sicher, dass er die nächste Gelegenheit nutzen würde, um mir etwas widerliches unter die Nase zu halten. Ich würde mir bis dahin auch etwas einfallen lassen. Er war nicht als einziger in der Lage ekelhafte Dinge anzuzetteln. Zwei Bedienungen erreichten den Tisch, bepackt mit vollen Tellern. Es waren Eintöpfe und Suppen. Vor mir landete ein Teller Erbsensuppe mit leckeren Wurststücken. Erst jetzt bemerkte ich so richtig meinen Hunger. Es schmeckte super, alle waren sich darüber einig. Nach dem Essen folgte die allgemeine Müdigkeit.

Es war dunkel geworden. Das Schneetreiben verwandelte sich in heftigen Schneeregen. Die Straßen konnten überall glatt sein. Wir mussten die erste Teilstrecke unserer Rückfahrt im langweiligsten Schneckentempo zurücklegen. Unsere Eltern blieben wach, ansonsten schlief die ganze Truppe, in beiden Autos. Bei den Sirins angekommen, kehrten wir glücklicherweise in deren unheimlich gemütliches Wohnzimmer ein. Es war zunächst recht kühl, doch der Kaminofen arbeitete auf Hochtouren. Nach kurzer Zeit schälten wir uns nach und nach aus unseren teils feuchten Klamotten. Nach wenigen Minuten roch es, wie zuvor im Restaurant, nach Füßen, nassen Stiefeln und Jacken. Lilo hing Boris Schneeanzug auf, der noch immer viel zu nass war. Georg brachte eine Käseplatte mit leckerem Baguettebrot und frischem Pfefferminztee. Meine Mutter und Lilo tranken außerdem ein Bier.

Michaela erzählte nun ausführlich vom Idiotenhügel und der Jasmin-Show. Sie beteuerte wiederum, dass sie angeblich nichts davon mitbekommen hätte. Sie sei extrem konzentriert gewesen. Alex wollte wissen was es mit ihrem Kreischen auf sich hatte. Boris vermutete, sie wäre so laut gewesen, um alle Mitfahrer zu verscheuchen. Genau konnte er es nicht sagen, er war ja nicht dabei gewesen. Würden die Menschen auf der Piste eine schreiende Person bemerken, machten sie den Weg frei und Jasmin konnte ungehindert im Ziel eintreffen. Demzufolge hatte sie es mit Absicht gemacht und war.

»Das ist aber eine böse Unterstellung, Boris«, sagte Jasmin augenzwinkernd. Ich fragte sie, wann sie denn das nächste Mal auf Skiern stehen wollte. Sie wusste es nicht und war sich nicht sicher, ob sie jemals einen so tollen weiteren Tag haben würde. Doch wenn sie es nicht ausprobierte, sagte Papa, würde sie das nie erfahren. Vielleicht würde sie in ein paar Jahren an der Ski-Weltmeisterschaft teilnehmen.

»Da wird ihr das Gekreische sicher nicht weiterhelfen. Sie muss sich dann etwas Neues einfallen lassen«, blitzte Boris in ihre Richtung. Sie grinste, lachte, rollte die Augen, lachte und stieß einen langen mäßig lauten Schrei aus. Boris grinste.

»Hmmm«, Alex gab einen Laut von sich, »wenn ich nicht gesehen hätte, dass an diesem Idiotenhügel ein Typ war, den du angeschmachtet hast, würde ich dir deine Geschichte abkaufen. Anscheinend fand er Dich wohl nicht sehr lustig.«

»Spinnst du? Welcher Typ denn? Warum sollte ich etwas vorspielen? Das habe ich überhaupt nicht nötig. Außerdem hätte ich nach seinem Verschwinden sicherlich damit aufgehört. Nein, ich war total geflasht«, sagte sie angestrengt ruhig.

»Jaja, du warst total *geflasht*«, äffte Alex Jasmin nach. »Das letzte Mal hat dich dieser Michael aus deiner Stufe auf dem Gymnasium *geflasht*, Schwester. Ich weiß doch wo bei dir der Hase hoppelt!« Boris und ich lachten über den hoppelnden Hasen.

»Bei mir hoppelt momentan überhaupt nichts und *geflasht* hat mich allerhöchstens die letzte Reitstunde«, sagte Michaela. Lilo lachte, Mama konnte sich gerade nicht entscheiden mitzulachen. Auch wenn wir bei den Sirins immer willkommen waren, irgendwann wurde es Zeit sich zu verabschieden. Papa bemerkte gerade, dass es schon recht spät sei und wir den Heimweg antreten sollten. Keiner verspürte die Lust auch die nur 10 Meter über die Straße bis zum Auto zu laufen. Das Weihnachtswetter konnte kaum schlimmer sein. Denn nun war es windig, kalt und es regnete in Strömen. Der Ausflug war alles in allem eine genial tolle Idee. Immerhin sahen wir Schnee, hatten aufregende Erlebnisse und tankten frische Luft. Ich musste an Tante Anna denken. Was sie wohl in der Zwischenzeit gemacht hatte? Morgen würde ich mit ihr Karten spielen und meine Schwestern wären sicher mit dabei. Außerdem wäre morgen wieder Zeit für einen gemeinsamen Fernsehabend. Die Serie hieß *Falcon Crest* und handelte von Weinplantagen irgendwo in den USA. Natürlich ging es auch um Liebe, Betrug, Gewalt. Mich interessierte die Serie kaum. Morgen würde ich sie mir Tante Anna zuliebe mit anschauen.

Im Auto rief ich unvermittelt in die Stille »Kinda, de Wäinbärsch!« Die Stille war gebrochen und jeder lachte. Dieser Satz war ein echtes Wunder und nur für unseren Familienkreis zu verstehen. Niemand anders konnte damit etwas anfangen. Denn es war unsere liebe Tante, die diese Worte durch das Treppenhaus rief und uns damit aufforderte, mit ihr sofort die Serien zu schauen. Sie war eine sehr besondere Person.

Kapitel 8 – Omas, Tanten und andere Verrückte

Nch Weihnachten, ist vor Weihnachten, hatte ich heute im Radio gehört. In den Geschäften war von den Weihnachtsartikeln kaum noch etwas zu sehen. Plötzlich waren alle Artikel als *reduziert* ausgezeichnet. Die Weihnachtsmänner waren vor einer Woche doppelt so teuer. Meine Mutter wollte eine dieser Unmengen von Tüten mit Weihnachtsartikeln kaufen. In jeder Tüte waren mehrere kleine Täfelchen Schokolade, drei Weihnachtsmänner mit Schlitten und einige Pralinen. Am und auf den Wühltischen war reges Treiben. In kurzer Zeit konnte ich beobachten, wie schnell sich der Tisch kontinuierlich leerte. Was wollte die Frau, mit den lustigen Haaren, mit diesen ganzen Weihnachtsartikel-Tüten? Ich versuchte ihre Tüten zu zählen. Es mussten zwischen neun und elf Tüten gewesen sein. Vielleicht wollte ihre ganze Familie noch bis Silvester bleiben und sie gab jedem eine Tüte davon mit auf den Heimweg. Ein süßes Verabschiedungsgeschenk. Brachte man nicht normalerweise ein Geschenk mit, wenn man eingeladen war? Wollte die Frau mit den blonden Haaren, die in alle Richtungen geföhnt waren, die Schokolade als Geschenk zu einer Einladung mitbringen?

»Hier, das habe ich mitgebracht«, würde sie sagen, »Du kannst Dich jetzt über einen Weihnachtsmann, einen Weihnachtsschlitten, Schokolade und Pralinen das ganze Jahr freuen.« Eigenartige Vorstellung.

»Mama, warum hat die Frau die ganzen Tüten voller Weihnachtsschokolade gekauft?, fragte ich.

»Samu, das kann ich doch nicht wissen. Vielleicht isst sie die Schokolade in den nächsten Monaten selbst, oder sie verschenkt sie an andere. Kannst sie ja mal fragen.« Was? Ich soll diese fremde Frau fragen, was sie mit der Schokolade vorhat? Nun reihte sie sich hinter dem Mann mit Bart ein, der direkt nach uns dran war. Er hatte einen Adventskalender in der Hand. Auch er war reduziert.

»Hallo. Was machen sie mit der ganzen Schokolade? Mama kauft nur eine Tüte und meine Schwestern und ich können noch sicher lange von der Schokolade darin essen«, fragte ich sie etwas schüchtern. Sie schaute auf die Tütenladung in ihren Armen. Es war kaum zu erkennen, wer wen hielt. Hielt sie die Tüten, oder war es umgekehrt?

»Du bist ja neugierig!«, entgegnete sie mir und grinste. Mama schaute erst sie an, dann mich und der nächste Blick fiel erneut auf die mit Tüten überladene, chaotisch geföhnte Frau.

»Ich möchte dem *Bundesverband Deutsche Tafel* eine Spende machen. Die Sachen sind nicht für mich, junger Mann. Arme Menschen, die kein Geld haben, bekommen hier umsonst Lebensmittel. Ich gehe gleich zur Lukaskirche und gebe die Tüten dort ab«, erklärte sie. Zunächst war ich erstaunt. Sie nannte mich »junger Mann«. Sie lächelte sehr nett, als sie uns über ihren Einkauf aufklärte. Mama strahlte über das ganze Gesicht.

»Sie sind aber nett!«, platzte es aus mir heraus.

»Der nächste bitte«, forderte die Kassiererin meine Mutter auf. Doch sie war von der Kaufland-Frau abgewandt und sprach mit der edlen Tafel-Spenderin:

»Das finde ich aber auch. Eine tolle Idee. Machen sie das öfter?« Die Kassiererin wurde ungeduldig:

»Hey, sie sind gemeint!«

Sie zeigte mit ihrem Finger auf meine Mutter. Die blonde Frau sprach nun etwas leiser zu uns:

»Nein, nicht regelmäßig. Leider. Oftmals komme ich nicht dazu. Spenden werden immer gebraucht und ich kann jedem dazu raten.«

»Würden sie mich bitte vorlassen, ich habe nicht so viel Zeit?«, fragte der Mann hinter uns, mit dem Adventskalender und einer großen Zahnlücke.

»Ich zahle ja schon«, murmelte meine Mutter vor sich her. Die Kassiererin brummte etwas vor sich hin, war dabei aber kaum zu verstehen. Bis auf zwei Worte.

Scheiß Weihnachten

Meine Nase tropfte und ich wischte sie mit meinem Jackenärmel ab. »Samu, das macht man nicht. Hier ist ein Taschentuch. Bitte frag mich einfach nach einem, wenn deine Nase schnupft«, ermahnte Mama mich. Schnupfen? Oh nein, bitte nicht.

»Hallo, Sie? Essen sie die Schokolade in dem Adventskalender in den nächsten Tagen, oder bewahren sie sich ihn bis zum nächsten Weihnachtfest? Ich meine nur, denn sie sind ja jetzt billiger. Papa würde das sicher auch machen. Bitte erzählen sie ihm nichts davon. Er kauft nämlich ganz viele davon und am Ende verteilt er sie bei den Nachbarn.«, ich musste das einfach loswerden.

Wir fuhren mit dem Kombi in unsere kleine Garageneinfahrt. Zur gleichen Zeit erkannte ich Susanne Leserhaus auf der anderen Straßenseite. Sie schlug die Haustür hinter sich zu und stiefelte über die Straße in Richtung ihrer Freundin Stefanie Haferlein. Sie hatte den Reißverschluss der Stiefel nicht geschlossen und so fand sie keinen richtigen Halt darin. Das war typisch für sie. Sie machte immer solche komischen Dinge, hatte einen schlaksigen Körper und sehr große Augen. Sie blieb stehen, als ich sie grüßte, verzog ihr Gesicht und dann folgte ihre einzigartige Lache. Sie war eine Mischung aus prusten, husten, bellen und kreischen. Wenn ich sie nicht besser gekannt hätte, würde ich sie für verrückt erklären. Sie spielte jedoch permanent eine Rolle, behauptet Jasmin permanent. Sie nannte Susanne eine *verrückte Nudel*. Mama nannte sie immerzu *flippig*. Papa staunte jedes Mal, wenn er sie sah. Ich spielte manchmal mit ihr und ihrem Bruder. Die Lesehaus hatten unheimlich viele Brettspiele. Die große Auswahl sorgte unter uns für Ratlosigkeit. Nie konnte einer von uns bestimmen, was gespielt werden sollte. Wenn er anwesend war, suchte Herr Lesehaus manchmal eines aus. Meistens war Susanne dagegen. Sie war grundsätzlich gegen jeden Vorschlag ihres Vaters. Sie konnte richtig pampig werden. Es wurde nie langweilig. Auch ihr Bruder Christoph war ein besonderer Junge. Ich mochte ihn. Wenn er redete, riss er die Augen weit auf. Das tat er fast immer. Ich konnte davon nicht genug bekommen, denn es sah bei ihm nicht affig aus. Es gehörte zu Christoph und war von ihm nicht mehr wegzudenken. Er war hellblond, hatte riesige Augen und lachte annähernd wie seine Schwester. Vielleicht nicht ganz so verrückt. Mama hatte eine einfache Erklärung für deren kuriose Lachart. Frau Leserhaus Gesicht bestand aus Mund. Punkt, mehr gab es nicht. Wann immer sie erschien, war sie fröhlich und gut gelaunt. Auf ihrem Fahrrad, in der Bahn, in der Fußgängerzone oder bei ihr Zuhause. Sie hatte jeden Tag im Lotto gewonnen. Oder sie wurde permanent unter den Füßen gekitzelt. Oder sie las jeden Tag ein Buch voller Witze. Oder sie fand sich selbst komisch. Wenn alle Menschen sich so verhielten, würde die Erde vor Glück hüpfen.

In der letzten Nacht hatte ich wieder einen meiner Träume, der mich seit vielen Jahren begleitete. Ich war böse, wenn er für einige Tage ausblieb. Es war der Traum, in dem ich fliegen konnte. Ich brauchte nur die Arme zur Seite ausstrecken und mir vorstellen, dass eine eigentümliche Kraft mich unter den Achseln packt. Es zog mich hoch und ich hob vom Boden ab. In der Luft schwebend konnte ich navigieren, wie ich wollte. Ich konnte die Geschwindigkeit, die Richtung, die Höhe und die Dauer des Fluges bestimmen. Ich konnte die Blumensiedlung vom Himmel aus beobachten. Ich konnte mich frei fallen lassen und kurz vor Erreichen des Erdbodens stark abbremsen. Ich hatte keine Angst und wusste, dass mir nichts passieren konnte. Menschen, die mich sahen, waren zwar verwundert von meinen Flugfähigkeiten. Doch sie kannten mich und meine Kunstflüge breits und es war auch für sie als Beobachter zu einer Gewohnheit geworden. Sie fragten mich weder wie ich dazu in der Lage war, noch ob ich es sie lernen könnte. Das Fliegen war mir vorbehalten und ich genoss es in vollen Zügen. In einem Traum hatte ich mir vorgenommen zur Sonne zu fliegen. Ich wollte herausfinden, wie weit ich fliegen konnte, bevor es mir zu heiß wurde. Es war mir nicht möglich. Der Flug dauerte Ewigkeiten und ich hatte das Gefühl viele Jahre unterwegs zu sein. Es wurde nicht zu warm oder zu kalt. Die Zunehmende Helligkeit hielt mich davon ab weiter zu reisen. Das Licht blendete zu sehr und ich hielt es ab einer gewissen Intensität nicht mehr aus. Ich freute mich auf den Rückflug und konnte die Erde kaum noch erwarten. Der Rückflug erschien, verglichen mit dem Flug zur Sonne, nicht länger als ein kurzer Wimpernschlag. In diesem legendären Traum bat mich niemals jemand um einen Gefallen. Ich wurde auch nicht gefragt, wie es woanders aussah. In diesem Traum war ich *ich* und es war *meine*

Spielwiese. Eines nachts wachte ich kurz auf und bildete mir ein vielleicht wirklich fliegen zu können. Ich spreizte die Arme zu beiden Seiten und wartete auf den Druck unter meinen Achseln. Ich war mir sicher, etwas gespürt zu haben. Allerdings viel zu schwach, um plötzlich den Boden unter den Füßen zu verlieren. Ich müsste wahrscheinlich mehr trainieren, bräuchte dafür viel Ruhe und nahm mir vor demnächst über den Zaun der neuen Schule zu klettern. Dort konnte ich vermutlich meine Trainingsflüge durchführen. Hoffentlich würde ich nicht zu enttäuscht sein, wenn es mir außerhalb meiner Träume nicht gelang. Egal, ich konnte mich ja auf meine Träume verlassen.

Der Nachmittag verging wie im Flug. Tobias besuchte mich, wir spielten selbstverständlich Atari und er stellte einen neuen Asterix Punkterekord auf. Er hatte 150 Punkte mehr als ich erspielt. Das war ziemlich viel und ich müsste mich sehr anstrengen diese Punktzahl noch einmal zu erreichen, geschweige denn sie zu schlagen. Mal schauen, irgendwann würde es mir bestimmt gelingen. Bis dahin erschien in der Punkteliste an erster Stelle immer sein abgekürzter Name ToKa für Tobias Kalthaupt.

Klock, klock, klock.... , Tante Anna war auf dem Weg. Als sie uns erreichte, war Tobias wie sooft in ihrer Gegenwart sehr verhalten. Ich konnte das bei ihm normalerweise nicht beobachten. Er hatte riesigen Respekt vor meiner alten Tante und hätte ihr wahrscheinlich jeden Wunsch erfüllt. Denn ich hatte vor einiger Zeit, an einem Nachmittag, seine Großmutter kennengelernt. Sie war extra aus Wilhelmshaven angereist und blieb beinahe zwei Wochen. Frau Kalthaupt und ihre Mutter waren sich zum verwechseln ähnlich. Das Gesicht, wie sie redeten, wie sie sich bewegten und wie sie schimpften.

Das Alter sah ich Tobias Großmutter freilich an. An einem Nachmittag waren wir mit ihr im Zündorfer Schwimmbad. Es war nicht zu heiß und auf der riesigen Liegewiese fanden wir ganz knapp einen Platz, der für uns ausreichte. Tobias fragte seine Oma permanent, ob sie noch etwas bräuchte. Wasser, etwas zu Knabbern, eine Liege, und und und. An anderen Tagen im Schwimmbad, ohne seine Großmutter, waren ihm andere Leute fast egal. Auch mich fragte er höchst selten, ob er mir etwas mitbringen sollte, wenn er beispielsweise zum Kiosk ging, um sich Eis zu besorgen.

»Na, spielt ihr wieder diese Elektronik? Dieses Atapi Spiel?«, fragte Tante Anna. Tobias verzog den Mund und wagte es sich nicht sie auszulachen.
»Tante, das Ding heißt Atari. Wie geht es Dir denn?«
»Du bist ja ein lieber Junge. Fragst deine Tante, wie es ihr geht. Machst du das auch bei deiner Tante?«, ihre Blicke richteten sich auf Tobias.
»Nein, ich habe leider keine Tante. Meine Mutter hat nur einen Bruder, den ich schon sehr lange nicht mehr gesehen habe. Meine Großmutter aus Wilhelmshaven besucht mich manchmal, nächsten Sommer kommt sie uns wieder besuchen. Ich freue mich sehr auf sie.«
»Na, du magst deine Oma ja wirklich. Bist auch ein guter Junge!«, stellte sie fest, wandte sich von ihm ab und erinnerte mich an unsere Verabredung um 18:00. Sie hätte bereits Jasmin und Alex Bescheid gegeben und das fasste ich so auf, dass sie die Dringlichkeit hervorheben wollte. Tobias sollte aber nicht mit dabei sein. Sie hätte sicherlich nichts dagegen, doch dieser Abend war nur für sie und ihre Enkelkinder bestimmt. Es konnte passieren was wolle. Selbst wenn das Dach eingestürzt wäre und es regnete. Sie hätte womöglich eine Lösung

gefunden, dass in ihrer Wohnung im Fernseher *Falcon Crest* lief. Dazu gab es ihre bestens bekannte Schokolade.

»Mach dir aber keine Sorgen Samu. Ich rufe um fünf vor acht und erinnere euch daran. Ihr habt ja immer etwas zu tun«, sagte sie, drehte sich dabei zur Tür und benutzte die Treppen, um mit Mama im Wohnzimmer Karten zu spielen.

»Deine Tante ist ja vielleicht nett, Samu«, sagte Tobias nach ihrem Verschwinden. Wie alt ist sie eigentlich?

»Sie wird im nächsten Jahr 81 Jahre alt.«, antwortete ich. Es war ein Wahnsinn, dass meine alte Tante so fit war und jeden Tag aufs Neue Lust auf das Leben hatte.

»Meine Großmutter ist 78. Sie schafft auch fast alles noch ganz alleine in ihrer Wohnung in Wilhelmshaven. Sie bekommt oft Hilfe von der Tochter meines Onkels. Deine Tante hat es bei euch wirklich gut«, stellte Tobias fest. Ich lief zum Fenster, denn wir bekamen neuerlich einen Gülle-Gruß von Bauer Broicher. Ich musste es schließen.

»Oma ist leider etwas unkonzentriert. Wir haben dadurch schon sehr komische Situationen erlebt. In einem Restaurant am Meer ist sie deshalb schon sehr bekannt. Im Herbst machten wir einen langen Spaziergang mit ihr am Strand. Es war sehr windig und ich habe den Surfern zugeschaut. Ich will das auch bald machen, wenn ich groß genug bin. Und wenn *DLRG* nach den Weihnachtsferien wieder anfängt, muss ich die Schwimmmeisterin fragen, ab wann Kinder surfen dürfen.« Tobias und ich waren im Schwimmverein der *DLRG,* die deutsche Lebens Rettungsgesellschaft. Er konnte wirklich gut schwimmen.

»Wir erreichten nach der Wanderung das Restaurant«,Tobias erzählte weiter »und sie bestellte sich Fisch. Alles war super und lecker und dann musste sie auf Klo. Sie blieb wirklich lange. Plötzlich kam es zu einer lautstarken Diskussion. Wir hörten die Stimme von Oma und die eines Herren. Wir wollten gerade aufstehen, um nach ihr zu sehen. Sie kam uns entgegen und sah etwas zornig aus. Als wir nachfragten, was sie so lange auf der Toilette gemacht hatte, behauptete sie sich nach ihrer Toilette nur die Hände gewaschen zu haben. Komisch. Nach dem Essen spazierten wir zurück zu ihrer Wohnung und auf der Promenade wurde an einer Bäckerei etwas zum Probieren angeboten. Frisches Brot mit einem besonderen Käse. Oma will grundsätzlich immer alles probieren und griff nicht nur ein Mal zu. Sie schob sich gerade ihr drittes Brotstück in den Mund, da schrie sie:

»oh weh, oh weh, oh weh. Da stimmt was nicht. Da stimmt was nicht. Sie spuckte das Brot auf den Boden vor die Füße einer anderen Kundin.

»Ich bitte sie, was soll das denn?!«

»Oh Entschuldigung, ich habe nur...«, sagte sie, während sie in die Knie ging, um ihr ausgespucktes Brot zu kontrollieren.

»Nein, das ist es auch nicht. Mir fehlt ein großer Teil meines Zahnersatzes. Es ist diese Zahnbrücke, die mir der Zahnarzt letztes Jahr für viel Geld angepasst hat. Sie ist weg, ich werde verrückt. Es ist weg«, schimpfte sie, währen sie sich die Hand vor den Mund hielt. Sie glaubte, dass nun alle ihre Zahnlücke sahen und feststellen konnten, wie groß sie war. Oma war außer sich. Sie behauptete nun, dass sie die Zahnbrücke womöglich auf dem Rückweg irgendwo am Strand verloren haben könnte. Vielleicht hatte der Wind ihr beim Sprechen, ohne dass sie es merkte, die Zähne aus dem Mund gepustet. Wir liefen zurück und suchten alles ab. Wir mussten Oma immer wieder davon abhalten andere Leute zu fragen, ob sie ihre Zähne gesehen hätten.

»Entschuldigung, wir suchen jetzt schon...«, machte sie den Ansatz, doch Mutter unterbrach sie inzwischen:

»Ist schon gut, Oma hier sucht nach etwas. Das können sie aber auf keinen Fall gefunden haben.« Mama lachte und wirkte peinlich berührt.

»Also wirklich, ich lasse mir von dir doch nicht so über den Mund fahren«, regte sich Oma auf.

»Mutter, es reicht jetzt wirklich. Schau, wir sind gleich am Restaurant und haben nichts gefunden. Wir schauen uns dort nochmal um.«

»Wieso das denn? Nein, ich gehe dort seit Jahren essen und nun kann ich dort doch nicht nach meinen Zähnen fragen.«

»Warum nicht«, fragte Mama sie. »Warum nicht? Was hast du denn zu verlieren. Kannst du die teure Rechnung für eine weitere Zahnbrücke auf dich nehmen. Und wie lange wirst du dafür wieder beim Zahnarzt sitzen!? Du findest es doch schrecklich beim Zahnarzt, das erzählst du mir nach jedem Arztbesuch.«

Mama hatte recht. Unter Protest ging sie mit, schaute zunächst unter jeden Tisch, der in Frage kam. Sie malte sich aus, dass sich vermutlich jemand auf das Gebiss gesetzt haben könnte. Sie ging von Tisch zu Tisch und ließ sich auch von Mama nicht aufhalten die Gäste zu befragen. Später amüsierten sich die Leute und der Geschäftsführer persönlich kam auf Oma zu.

»Bärbel, was machst du denn schon wieder hier. Ihr habt doch vor einer Stunde gezahlt. Ist der Hunger zurückgekehrt?«, fragte er charmant und erstaunt. »Wieso sprichst du alle Gäste an? Meine Kollegin erzählte mir davon, dass du deine Zähne suchst?«, fügte er hinzu und hatte offenbar die Lautstärke nicht beachtet.

»Psst«, zischte Oma und hielt sich die Hand vor den Mund. »Nicht so laut, Ben. Ich kann meine Zahnbrücke nicht mehr finden. Ich brauche sie dringend und am Strand haben wir schon gesucht.«

Nun aber musste Ben erst richtig lachen und in diesem Moment kam Mama dazu.

»Oma, du hast das Teilgebiss auf der Toilette liegen lassen. Schau mal was ich gefunden habe. Ich denke es werden wohl deine Zähne sein. Kein anderer lässt seine Zähne unter dem Waschbecken in einem Restaurant liegen. Du hast Glück, dass es noch in Ordnung ist und keiner darauf getreten ist.«

Nun erinnerte sich Oma wieder. Sie wollte uns im Restaurant nicht sagen, dass sie nach dem Essen ihre Zähne gereinigt hatte. Um die Zahnbrücke zu säubern, hätte sie sie kurz herausgenommen. In dem Moment als sie sich die Brücke einsetzen wollte, öffnete ein Herr die Tür. In dem sehr schmalen Eingangsbereich der Toilette traf sie der Türgriff am Arm, sie öffnete aus Reflex die Hand und die Brücke musste auf den Boden gefallen sein. Sie schimpfte mit dem Mann und war sehr verärgert über diesen Rüpel. Sie hatte die Zahnbrücke nicht mehr gesehen und war sich sicher, sie bereits eingesetzt zu haben.

»Kiiiiiiinder, de Weinbärsch«, schallte die Stimme meiner Tante durch das Haus. Alex, Jasmin und ich waren bereits in Wartestellung. Es war fünf Minuten vor sechs Uhr und alles lief wie jede Woche genau nach Plan. Oben angekommen schauten wir uns kurz um. Alles war wie immer. Sie war sehr ordentlich und in der Ecke stand ihr riesiges Bett. Sie hatte bei ihrem Einzug darauf bestanden, so erzählten Mama und Papa, dass sie ein großes Bett bräuchte. Sie träume immer sehr viel und würde sich dabei oftmals hin und her wälzen. Bei der Frage was sie denn träume, verstummte sie jedes Mal. Das Wichtigste war für sie das große Bett. Meine Schwestern und ich hätten zusammen darin Platz gehabt. Das Bett hätte uns bestimmt nicht lange ertragen. Der ein oder andere Kampf zwischen mir und Jasmin hätte darin stattgefunden und aus dem tollen Bett wäre Brennholz für unseren Kamin geworden. Es hatte seine Richtigkeit, dass wir Kinder unser eigenes Bett hatten. Beachtlich war Tante Annas langer und schmaler Marmortisch, der mitten im Raum stand. Sie wollte es so haben. Sie lief nicht nur im Wohnzimmer oftmals minutenlang im Kreis. Manchmal lief sie links herum, drehte sich um, und schlug die andere Richtung ein. Was sie antrieb und warum sie immer im Kreis ging, konnte sie nicht ausführlich beschreiben. »Ich kann beim Laufen am besten nachdenken und bekomme gute Ideen. Wenn ich im Kreis laufe gibt es kein Ende und das ist doch sehr praktisch«, versuchte sie uns zu erklären. Sie war wirklich eine besondere Tante. Jasmin und ich lauerten oftmals vor ihrer Tür, öffneten sie einen Spalt und lugten hindurch. Es war ein extrem witziges Spiel, das eine sehr lange Zeit funktionierte. Sie lief im Kreis um den Tisch herum. Wir warteten, bis sie uns den Rücken zukehrte und schlichen in das Zimmer unter den Marmortisch. Dort konnte sie uns kaum erkennen. Pro Runde, die Tante Anna um den Tisch zurücklegte, schlich sich nur einer von uns unter den Tisch. Der Nächste musste bis zu Runde zwei warten und durfte die Tür nicht zu weit öffnen, denn das hätte uns verraten. Als sie mir den Rücken zukehrte, schlich ich mich hinein, schloss die Tür möglichst leise und gesellte mich unter den Tisch zu Jasmin. Da saßen wir nun und zählten die Runden. Ab einem gewissen Punkt machten wir kurze leise Geräusche mit dem Mund. Ein *Plop*, oder wir klapperten mit den Zähnen. Es durfte nicht zu laut sein. Sie sollte nicht wissen, woher dieses Geräusch kam. Während sie fleißig ihre Runden drehte, schaut sie sich dabei suchend um, ließ sich aber nicht aus der Ruhe bringen. Ihr Kleid wippte bei jedem Schritt hin und her. Hätte das Kleid Geräusche von sich gegeben, wäre dieses hin und her Schaukeln genauso regelmäßig wie das Ticken einer Uhr. Nach 10 Minuten etwa wurde es Zeit die Lautstärke der Geräusche zu erhöhen. Nun dauerte es nur noch wenige Sekunden, bis sie uns entdeckte. Wir wunderten uns sehr darüber, dass sie jedes Mal erstaunt war uns unter dem Tisch zu entdecken. Anscheinend vergaß sie recht schnell, oder sie spielte uns das nur vor und fand unser Spiel recht unterhaltsam. Das machte es für uns auf Dauer interessant genug, Tante Anna hin und wieder etwas zu ärgern. Sie lachte nur darüber.

Jetzt begann die nächste Folge der Serie. Die Melodie summten wir auswendig mit und Tante Anna schwang ihre Arme im Takt dazu. Kurz vor Ende der Melodie stand sie auf holte eine kleine Holzschale mit einer Tafel Zartbitterschokolade. Ich konnte das Zeug nicht ausstehen. Sie zerteilte die Tafel mit ihren faltigen, sehr gepflegten Fingern in einzelne Stücke. Mit dieser Schale voller mundgerechter Schokostücke setzte sie sich auf ihren Sessel, den sie leicht nach hinten beugte. Dabei schwang unter ihrem Sitz eine Klappvorrichtung nach oben, über die sie sich immerzu freute.

»Ach Kinder, das ist ja so angenehm«, sagte Tante während der Serie mehrere Male. Es ging ihr gut. Die Zusammensetzung aus *Falcon Crest,* uns Kindern und die Schokolade war eines ihrer Hobbys. Ich lutschte meine Finger ab und beobachtete Tante Anna mehr als diese

Serie, denn sie war wesentlich unterhaltsamer. Sie regte sich auf, wenn geschossen wurde. Sie lachte über den kleinsten Witz. Sie fragte hin und wieder, wer wer ist. Sie schaute oftmals zu uns herüber und grinste über beide Wange. Zwischendurch griff sie in ihre Haare und brachte sie etwas in Form. Es erklang die Schlussmelodie und erneut begann sie mit den Armen zu wedeln. Es war kein Dirigieren. Vielmehr der Ansatz von Flügelschlägen. Manchmal wollte ich nur noch bei ihr bleiben.

Kapitel 9 – Knoblauch und Schirmchen

Eine große Hektik war das, wenn bei uns Daheim eine große Partie mit vielen Gästen veranstaltet wurde. Manche Freunde meiner Eltern erlebte ich im ganzen Jahr höchstens zwei Mal. An diesem Silvesterabend war es wieder so weit. Die Gästeliste war sehr lang und ich hatte schon jetzt den Geruch in der Nase, der in den nächsten Tagen durch unser Haus streifen würde. Eine Mischung aus Tabak, Essen, Alkohol und Reinigungsmitteln. Es war das eindringliche Zeichen, dass es bald ein neues Jahr geben würde. Ein neues Jahr, in dem ich eine große Veränderung vor mir hatte. Einen Schulwechsel. Abseits von einigen vertrauten Mitschülern, die auf eine andere Schule gehen würden. Um einige war es ganz sicher nicht schade. Andere wiederum hatte ich besonders in den letzten Monaten besonders in mein Herz geschlossen. Es waren Daniel und Frank. Ausgerechnet diese Beiden würden nicht mehr mit mir auf die Realschule in Porz-Zündorf gehen. Eine komische Schulbeauftragte hatte jeden einzelnen Schüler unter die Lupe genommen, um den Eltern einen Vorschlag zu machen, für welche Schule er oder sie am besten geeignet wäre. Wie konnte diese blöde Kuh schon jetzt erahnen, wie gut ich auf einer anderen Schule lernen würde?! Konnte sie mir auch sagen, wann ich mein erstes Auto kaufen würde? Oder ganz andere Fragen beantworten, die mir gerade nicht einfielen? War sie eine Hellseherin? Wehe, wenn ich auf der nächsten Schule Probleme hätte, ich würde sie mit Spuckekugeln vollpumpen. Ich wusste ja jetzt

143

wo sie war. Mein Papa würde mich bestimmt zu ihr fahren. Ich wollte so wenig wie möglich daran denken, was im nächsten Jahr passieren könnte.

Heute war, wie meine Schwestern sagten, *High life* angesagt. Das bedeutete so viel wie eine ganze Menge Spektakel. Ich glaube das Wort *Spektakel* war sogar eine Untertreibung. Vielleicht konnte man es sogar super-Spektakel nennen. Ich war unheimlich gespannt auf alle Freunde. Natürlich war Boris mit seinen Eltern dabei. Sie hatten sich ja bereits beim Ausflug in den Schnee dazu geäußert. Es würden auch einige Nachbarpärchen kommen. Nur die Kalthaupts waren niemals anwesend. Ich wusste sicher, dass die Haferleins, die Borschs, die Beckers, die Sirins, die Gerbers, die Labodis, die Halasans und die Brantners kommen würden. Die Brantners würden sicherlich ihre komische Tochter Nadia mitbringen. Sie war zwar komisch, doch eigentlich ganz nett. Sie war ein Jahr jünger als ich und deshalb komisch, weil sie sich überall zu jeder Zeit schminken und wie eine erwachsene Frau aussehen wollte. Wie eine erwachsene Frau? Sie war doch gerade erst neun Jahre alt. Ich hatte Mama gefragt, woher sie die Schminksachen bekommen würde. Sie hatte zwei Brüder, die sechs und sieben Jahre älter waren. Von ihnen würde sie wahrscheinlich keine Schminke bekommen. Sie konnte nur von ihrer Mutter sein. Als Mama mir erklärte, dass Frau Brantner ihr diese Kinder-Schminke kaufte, war ich erstaunt. Es wäre ja so, als würde Papa mir Rasierkram kaufen. Wäre ich wie Nadia, würde ich wie sie im Café plötzlich auf die Toilette gehen und mich rasieren. Ich wüsste überhaupt nicht wo ich den ganzen Rasierkram aufbewahren sollte. Ich würde sicherlich nicht eine extra Tasche mitnehmen. Diese ginge sehr schnell verloren. Es wäre bei mir nicht das erste

Mal! Wenn ich unterwegs war, nahm ich auch keine Geldbörse mit. Entweder steckte ich das Geld in die Hose, natürlich so tief wie möglich, oder ich hängte mir eine Geldbörse wie eine Kette um den Hals. Ich trug sie meistens unter dem Shirt. Im Sommer schwitzte ich und die Geldbörse verfärbte sich. Als ich Geld daraus nahm, tropfte manchmal sogar Schweiß davon auf die Ablage im Büdchen. Frau Spanner, die Büdchen-Besitzerin fand das ekelhaft. Jedenfalls schaute sie mich so an. Egal. Übrigens, meine Tante sagte niemals *Geldbörse*. Sie benutzte viel lieber den französischen Ausdruck *Portemonnaie*. Dieser hätte angeblich mehr Klasse.

Die Familie Gerbers waren alte Freunde meiner Eltern. Ich besuchte den Kindergarten mit ihrer Tochter Nadine und fand ihren deutlich jüngeren Bruder super. Oma Gerber machte übrigens die besten Wurstbrote. Alles was sie zubereitete war grandios. Ich saß sehr gerne bei den Gerbers in der Küche. Anders als in den meisten anderen Familien, wurde bei den Gerbers fast nie gestritten. Wenn sie das taten, war alles nach wenigen Minuten *gegessen*. Ich aß damals lieber einige Wurstbrote. Bei dem Gedanken daran hatte ich schon immer sofort Hunger. Der absolute Wahnsinn war die Familie Labodi. Auch sie würden uns am Silvesterabend besuchen. Antje und Mohamed tanzten, schrien und lachten auf den Partys als Erste und als Letzte. Papa und Mama erzählten uns, dass sie die Labodis meistens erst nach fünf Uhr in der Früh verabschiedeten. Was machten sie so lange? Sie fuhren mit dem Taxi nach Hause, sagte Mama. Sie würden zu viel trinken, um mit dem Auto zurück fahren zu können.

Antje war eine große blonde und schlanke Frau. Ihr Ehemann war kaum größer und hatte fast so viele Haare auf der Brust wie auf dem Kopf. Er war offensichtlich sehr stolz auf seine Haarmassen. Er lies die obersten Knöpfe seines Hemdes auf. Immer. Jasmin und Alex waren der Meinung, dass er wahrscheinlich am ganzen Körper so behaart war. Auch an den Füßen. Sie glaubten, dass Antje das toll fände. Warum sollte sie das toll finden? Würde sie ihm am ganzen Körper die Haare schneiden? Vielleicht wäre sie gerne Frisörin geworden. Ich habe keine Ahnung. Antje hatte sehr langes blondes Haar. Mama fand, sie sähe aus wie die Lorelei. Ich kannte sie nicht, diese Lorelei. Mama besaß eine Schallplatte vom Lied der Loreley und legte sie eines Tages auf. Es ging darin um eine Frau mit langen blonden Haaren. So, wie die liebe Antje. Sie saß auf einem ganz hohen Felsen. Ich schätzte es waren bestimmt 100 Meter über dem Rhein. Sie saß dort und sang Lieder und kämmte ihr langes weißes Haar. Sie konnte mit ihrer Stimme die Schiffskapitäne auf dem Rhein so sehr verzaubern, dass sie vergaßen es exakt zu steuern, so dass sie an den Felsen im Fluss zerbrachen. Eines Tages kam ein Prinz auf einem Schiff auf dem Fluss gefahren und nahm sich vor mit ihr, der Lorelei, zu reden. Doch auch er und seine gesamte Mannschaft auf dem Schiff wurden von ihr verzaubert und krachten gegen den Felsen. Der Prinz wurde nie wieder gesehen.

Wenn Antje unser Haus betrat, stellte ich mir vor, wie sie auf dem Felsen saß und sang. Ich hatte Antje nie singen hören. Vielleicht würde ich sie an Silvester darum bitten. In meiner Vorstellung kämmte sie leider nicht ihre tollen blonden Haare, sondern die Brusthaare ihres Mannes. Er zeigte nicht nur stolz seine Brusthaare, sondern auch die dicken Goldketten. Wenn er tanzte, hüpften sie von der Brust auf das Hemd und wieder zurück.

Die Brantners mischten bei allem mit. Ich freute mich darauf Brigitte lachen zu hören. Ihre Stimme war anders als alle anderen. Sie klang ein wenig piepsig, aber doch laut. Sie hatte ständig einen Witz auf Lager und unterhielt manchmal die ganze Gesellschaft. Nicht selten machte sie mit allen ein Spiel, in dem sie einigen mit einem angebrannten Flaschenkorken eine schwarze Nase malte. Ich war hin und wieder im Partykeller mit dabei. Als ich den Kellerraum betrat und das erste Mal dieses Spiel beobachtete, musste ich permanent lachen. Niemand meiner Schulfreunde würde eine so lustige Silvesterparty erleben. Niemand würde jemals die tollen Freunde meiner Eltern kennenlernen. Ich konnte von Glück reden, so etwas erleben zu können und es würde sich an diesem Silvesterabend sicherlich noch deutlich mehr ereignen. So war es immer. Alex war sich sicher eines Tages ein Buch darüber zu schreiben.

»Samu, kannst du bitte nochmal ans Büdchen gehen? Uns sind die Schirmchen ausgegangen. So viel ich weiß, habe ich dort schon einmal welche gesehen«, fragte Mama mich etwas gestresst.

»Klaro, mache ich sofort. Wo sind denn Jasmin und Alex?«

»Die sind mit Papa unterwegs und kaufen Getränke und Zutaten für eine Bowle. Hätte ich daran gedacht, würden sie nun die Schirmchen mitbringen.«

»Sind Schirmchen denn so wichtig?«, fragte ich.

»Ach Samu. Es gibt bestimmt wichtigere Sachen auf der Welt. Doch zu einer Party gehören eben auch Schirmchen für die Cocktails. Würdest du bitte gehen? Das Büdchen hat nicht mehr lange geöffnet.«

»Ja, gut. Welche Farbe soll es denn sein?«, fragte ich etwas mürrisch mit einem Schmunzeln.

»Das überlass ich dir, Samu«, sagte sie und drückte mir

einen Zehnmarkschein in die Hand.

»Bring für Tante Anna ihre Lieblingszeitschrift *Die goldene Seite* mit. Schau mal ob sie die neuste Ausgabe aus dieser Woche haben.«

Ich zog mir die dicke Jacke an und war erstaunt, wie kalt es inzwischen geworden war. Auch die Mütze musste mit, obwohl der Weg zum Büdchen nicht weiter als etwa 300 Meter war. Der Himmel war tiefblau und es war fast windstill. Auf den Straßen fuhren viele Autos. Vermutlich mussten etliche Leute noch schnell etwas einkaufen und sich mit dem Auto beeilen. Wahrscheinlich hatte ich nicht die einzige Mutter, die ihre Schirmchen vergessen hatte. In manchen Ecken lagen Weihnachtsbäume. Schade, alle wollten ihre Bäume wieder loswerden. Manche sahen noch toll aus. Einige hatten kaum ihre Nadeln verloren. An manchen Stellen konnte ich noch den Frost der Nacht erkennen. Durch den Regen der letzten Wochen bildeten sich verbreitet Pfützen. Einige waren groß und ziemlich tief. Ich schlitterte vorsichtig darauf und lauschte dem Knacken unter meinen Füßen. Die Eisfläche brach auf und ich verlor den Halt. Beide Schuhe wurden nass und nach wenigen Sekunden spürte ich das kalte Wasser an meinen Füßen.

»So ein Mist«, rief ich laut heraus. Nasse Füße waren für mich das Schlimmste. Besonders wenn es kalt war. Nun lief ich über alle zugefrorenen Pfützen und es war mir egal, wie tief sie waren und ob ich womöglich einbrechen könnte. Ich brach noch zwei Mal ein. Jetzt war sowieso alles egal. Am Büdchen angekommen, stand mir das Wasser bis zu den Knöcheln.

»Hallo Samu. Wie siehst du denn aus?«, fragte mich die super-nette Kioskbesitzerin. »Du läufst ja vielleicht herum! Willst du mit einer Grippe oder einer Erkältung das neue Jahr beginnen?«

»Ach, nein. Ich bin nur blöd ausgerutscht«, antwortete ich ihr. »Ich kaufe bei Ihnen kurz ein und laufe danach schnell nach Hause. Mama hat mich geschickt, um Schirmchen zu besorgen.«

Die Kioskbesitzerin schaute mich etwas verwirrt an. »Du meinst bestimmt keine Regenschirme, denn die verkaufe ich hier nicht. Meint deine Mutter diese Papier-Schirmchen für Getränke? Die habe ich leider auch nicht.«

»Dann brauche ich für Tante Anna die neueste Ausgabe von *Die goldene Seite*. Gibt es die hier?«

Sie reichte mir die Zeitung, ich bezahlte und machte mich auf den Heimweg. Nach wenigen Metern kam mir Frau Kalthaupt entgegen. Auch sie wunderte sich über meine nassen Füße. Als ich ihr alles erklärte und erzählte, schüttelte sie ihren Kopf.

»Samu, wir haben noch eine ganze Menge dieser Schirmchen im Keller. Ich habe neulich den Keller aufgeräumt und mich die ganze Zeit gefragt, was wir damit noch machen sollen. Im letzten Jahr hat mein Mann seinen Geburtstag gefeiert und seine ganzen Kollegen von der Bundeswehr waren eingeladen. Das war eine riesige Feier. Mensch, da sind vielleicht viele Korken geflogen.« Sie lachte. »Doch wie das immer so ist, blieb eine ganze Menge von allem übrig. Wir badeten am Ende in einem Meer aus Servietten, Plastikbesteck, Bechern und anderen Sachen. Cocktailschirmchen gehörten auch dazu. Seitdem gab es bei uns keine Party mehr und alles lagert im Keller.«

Bei den Kalthaupts hängte ich meine nassen Socken auf die Heizung. Ich bekam neue trockene Socken und begleitete Frau Kalthaupt in den sehr engen Keller. Er war schrecklich. Hier musste sich irgendwann und irgendwo ein Vampir aufhalten. Seit ich den Zeitungsartikel auf dem Wohnzimmertisch gelesen hatte, ging ich noch wesentlich aufmerksamer in dunkle Gassen und Kellerräume. Mir durfte nichts entgehen. Das war lebensnotwendig. Die Kalthaupts parkten ihr Auto im angrenzenden Parkhaus. Tobias, Alex und ich mussten abwechselnd Mutproben machen. Eine davon war es, im Dunkeln durch das Parkhaus laufen. Durch die schmale Eingangstür am Wohnblock mussten wir es betreten und durch das große Tor auf der anderen Seite verlassen. Es war jedes Mal haarsträubend, wie schnell mein Herz schlug. Ich rannte meistens und hätte das am liebsten mit verschlossenen Augen gemacht. So hätte ich aber blind einem dieser Blutsauger in die Arme laufen können. Weder Tobias als auch Alex hatten den Artikel über die Vampire in der Zeitung gesehen. Doch beide glaubten mir sofort.

Frau Kalthaupt kramte zwischen mehreren verschiedenen Kartons in unterschiedlichen Größen. Sie fluchte und benutzte solche norddeutschen Worte wie *Schiet.* Tobias hatte mir einige dieser Schimpfworte übersetzt. Deshalb wusste ich, was Frau Kalthaupt in diesem Moment meinte, als sie *Klei mi ann Mors* sagte. Kratz mich am Hintern. Ich lachte und sie entschuldigte sich. Sie kramte weiter und das Gefluche setzte sich fort. Ich wünschte mir von nun an, jeden Tag mit Frau Kalthaupt etwas suchen zu müssen. Sogar den Keller würde ich dafür in Kauf nehmen. Hauptsache sie fluchte. Denn während ich lachte, musste ich weder an Vampire noch an andere Gestalten denken.

»Samu, ich bin mir sicher, dass sie hier sein...«, sagte sie und schrie heraus. »Jawooooohl, ik hatte n Bammel, dat ik nix finne tu.«

Sie zog einen mittelgroßen Karton hervor, der mit jeder Menge Cocktailschirmchen gepackt war. Oben angekommen, machte sie für Tobias und mich einen heißen Kakao. Wiebke mochte *dat Zeuch* nicht. Ich sollte Mama anrufen und ihr sagen, dass ich bei Tobias sei. Frau Kalthaupt meinte, sie würde sich sonst Sorgen machen. Mama hörte sich am Telefon erneut gestresst an. Sie bedankte sich für die Schirmchen. Frau Kalthaupt erzählte mir von ihrem Fernsehabend und dass sie mit Tobias und Wiebke Videos schauen würden.

»Den Mist im Fernsehen wollen wir uns nicht anschauen«, sagte sie. »Zum Glück können wir mit unserem neuen Videorecorder das Programm selbst bestimmen.« Stolz deutete sie auf das Wohnzimmer, in dem sich der Videorecorder befand.

»Ich freue mich auf all die ganzen witzigen Freunde von meinen Eltern und die verrückten Spiele. Ich kann mir nicht vorstellen, dass es Filme gibt, die für Stimmung sorgen«, sagte ich zu Tobias. Er schaute etwas grimmig und zählte alle Filme auf, die sein Vater besorgt hatte.

Ein eisiger Wind wehte, als ich mich unserem Haus näherte, auf den Eingang zusteuerte und die erste Stufe nahm. In diesem Moment öffnete Mama die Tür. Sie musste mich bereits aus dem Küchenfenster gesehen haben. Sie winkte hektisch und bat mich in die Küche. Jasmin und Alex saßen bereits am Küchentisch und drehten zusammen Weintraubenblätter. Dazu langten sie zunächst in eine Schüssel und entnahmen ihr eine klebrige Masse. Es war eine Mischung aus gekochtem Reis, Gewürzen, Hackfleisch, Eiern und etwas Brot. Einen kleinen Teil diese Mischung legten sie auf das Weintraubenblatt. Es wurde nun so gerollt und gefaltet, dass es am Ende die ganze Füllung umschloss. Die jeweils etwa fünf Zentimeter langen, und zwei Zentimeter breiten gefüllten Weintraubenblätter wurden anschließend in ei-

nem großen und hohen Topf gestapelt. Am Ende wurde etwas Wasser hinzugefügt und der ganze Inhalt langsam gegart. Papa kümmerte sich um die Tahin-Sauce. Sie bestand aus Sesampaste, Zwiebeln, viel Knoblauch, Gewürzen, Zitronensaft und Wasser. Vor allem viel Knoblauch. Wer diese Mischung noch nicht probiert hatte, konnte natürlich nicht wissen, was ihm entging. An meinem letzten Geburtstag feierten meine Freunde mit mir bei uns im Keller. Papa fragte mich, ob es denn schon wieder Pizza, Nudeln oder Pommes geben sollte. Er fragte mich, ob meine Freunde Weintraubenblätter probieren würden. Als ich das hörte, hatte ich eine so große Lust darauf, dass ich mich für Weintraubenblätter entschied. Tatsächlich, es war ein großer Erfolg. Der Topf wurde geleert und hätte sogar noch etwas größer sein können. Alle meine Freunde fragten nach mehr. Selbst Alex, der Knoblauch widerlich fand, nahm etwas von der Sauce. Am Tag darauf, wunderten sich vermutlich die Eltern meiner Freunde über deren extreme Knoblauchfahne. Mama, mochte Knoblauch bei fremden Menschen nicht gerne riechen. Bei uns war ihr das fast egal. »Baaah!«, sagte sie morgens, wenn sie in mein Zimmer kam und mich weckte. Sie öffnete das Fenster.
»Samu, hast du gestern puren Knoblauch, oder auch Weintraubenblätter gegessen? Hier riecht es wie in einem orientalischen Imbiss. Wenn ich hier zu lange drin bleibe, rieche ich nachher nach Knoblauch und muss mich danach umziehen.« Ich war mir nicht sicher, aber ich glaube meine Mutter konnte sehr gut übertreiben. Allerdings machte es mich nachdenklich, wenn ich später mit Tante Anna in einem Raum war. Sie konnte nicht besonders gut riechen. Jedoch grinste sie über das ganze Gesicht, wenn ich mich mit dieser *Knoblauchfahne* neben sie setzte.

»Samu, du erinnerst mich an meinen Onkel Hans. Er roch früher so wie du. Die Hühner sind vor ihm und seinem Knoblauchgestank davongelaufen. Seine Frau Erna lies ihn nicht mehr neben sich schlafen. Sie glaubte ersticken zu müssen. Hans schmunzelte dann immer und sicherte ihr zu sie wiederzubeleben. Am Ende fragte er scheinheilig, ob für sie Mund zu Mund Beatmung ein Problem sei.« Tante Anna lachte, ich lachte mit.

»Mach besser den Mund nicht so weit auf, Samu«, scherzte sie.

Aus dem sonnigen Nachmittag wurde einer dieser viel zu früh hereinbrechenden Winterabende. Ich würde als erwachsender Mensch ganz weit in den Süden fliegen und mein ganzen Leben dort verbringen. Das war mir sicher. Schon wieder ein Tag ohne Schnee. So ein verdammter Mist. Das Telefon klingelte.

»Ja, hallo? Hier ist Bani. Hallo Brigitte. Nein, wir haben schon das Größte hinter uns. Du kennst das ja mit den ganzen Vorbereitungen. Ich bin allerdings sehr überrascht, wie toll mir meine Kinder geholfen haben. Das ist nicht jedes Mal so. Die Drei können wie eine teuflische Ausgabe von Tick, Trick und Track sein. Oder wie unsere Tante sagt: Wie Ute, Schnute und Kasimir«, witzelte Mama. Papa kam gerade zur Tür hinein und schaute Mama fragend an. Sie formte ihren Mund völlig übertrieben und flüsterte Brigittes Namen in seine Richtung. Bri-git-te. Er nickte.

»Nein, ich bin mir sicher, ob wir auch sie noch bewirten können. Haben wir noch genug Essen für Margarete und Mailo?«

Papa nickte. »Ja, wir freuen uns auf sie. Sie können auch gerne etwas mitbringen.« Gelächter. »Na, was immer geht, ist eine Süßspeise. Mailo macht doch so leckere indische Baklawa. Du kannst ihn ja einfach mal fragen.«

Ich freute mich schon jetzt auf Mailo und Margarete. Sie waren die besten Freunde von den Brantners. Er wurde in Indien geboren. Margarete und er lernten sich im Urlaub kennen. Mama erzählte, dass er Reiseführer gewesen war. Sie lernten sich auf einer Bustour kennen und führten dann eine Fernbeziehung. Jahrelang. Papa konnte das nicht verstehen. Er machte sich Sorgen um die Telefonrechnung von Margarete. Typisch. Später heirateten sie und er zog nach Deutschland, nach Bonn. Mama sagte, dass sie in einer schrecklichen Wohnung lebten. Doch Mailos Bilder, Skulpturen und die indischen Düfte in der Wohnung entschädigten den Stadtlärm. Kurz nach dem Telefonat mit Brigitte, erzählte sie, dass sich Margarete mit ihrer Schwester gestritten hatte, und mit ihr nun kein Silvester feiern wollte. Mama wunderte sich darüber. Sie konnte nicht verstehen, wie man sich mit Margarete streiten konnte.

Das Telefon klingelte erneut. Papa meldete sich diesmal .

»Hallo Wolli« Es gab ein kurzes Zögern. »Was ist das denn? Warum kommst du nicht einfach rüber?.....achso, das ist ja schlimm! Was machen die beiden denn nun? Können sie nicht bei ihren Kindern....? Verreist? So ein Pech. Das gibt es doch nicht! Wie ist es denn dazu gekommen?..... Auweia, das ist doch nicht möglich. Ich habe Greta schon oft gesagt, dass mir unser Wasserkocher unheimlich ist. Den Kindern ist das auch schon passiert. Sie sind beim Wischen auf der Arbeitsplatte gegen den Schalter gekommen und haben den Kocher aus Versehen eingeschaltet. Zum Glück schaltete er sich automatisch wieder aus. Hätte er das nicht gemacht, würde ganz schnell ein Feuer ausbrechen. Bei euch?Habt ihr denn genug Platz? Wo sollen sie denn schlafen?... Warte ich frage mal. Papa fragte Mama daraufhin, ob wir genug Essen für zwei weitere Personen hätten. Sie wippte mit dem Oberkörper hin und her und ballte schließlich die Faust mit einem nach oben ausgestreckten Daumen. »Jetzt ist die Bude wirklich voll, Wolli. Kurz vor unserem Telefonat haben Brantners angerufen und davon berichtet, dass Margarete und Mailo keine Party mehr feiern können. Auch sie kommen heute Abend hierher.«

Kapitel 10 – Die Party

Nn hatte sich die Gästeliste um vier weitere Personen erweitert. Wir erwarteten die Haferleins mit ihren beinahe abgebrannten Freunden, die Borschs, die Beckers mit ihrem Sohn Peter, die Sirins mit Boris und Michaela, die Gerbers, die Labodis, die Halans, die Brantners mit Nadia, Margarete und Mailo. Das waren 24 Leute, plus Mama, Papa, Jasmin, Alex und mich. Nicht zu vergessen, unsere Tante im obersten Stock. Das waren insgesamt 30 Leute.

Im Wohnzimmer stellten Mama und Papa das gesamte Geschirr und die Unmengen Gläser auf den ausgezogenen Esstisch. Auf dem Couchtisch stand eine Schüssel mit Schokoladenpudding, zwei große Dosen Sprühsahne, eine Schüssel mit Grießbrei, eine mit Kirschkompott, eine mit Chips, eine mit gemischten Nüssen und eine mit Crackers. Neben den Crackers waren drei verschiedene Dips platziert. In der Küche roch es bereits nach Pizza. Mama machte insgesamt drei Bleche Pizza, die sehr gut kalt schmecken würden, meinte sie. Eine Schüssel Kartoffelsalat hatte sie bereits am Vortag gemacht. Nur noch eine Stunde und die Gäste würden nach und nach bei uns eintrudeln. Viele brachten Getränke, oder weitere Köstlichkeiten mit. Alex betonte, dass es ein heftiges Sauf- und Fressgelage geben würde. Sie riss dabei die Augen auf und nickte.

»Jaja, so kommen wir alle fett ins neue Jahr!«, sagte Jasmin, presste die Lippen aufeinander und grinste. Ich fragte mich in diesem Moment, welcher unserer Freunde und Freundinnen bereits dick, oder fett war. Niemand. Es konnten also alle so viel essen, wie sie wollten. Ich zählte mich einfach dazu.

Wenig später klingelte es. Ich durfte die Tür öffnen und war ziemlich aufgeregt. Die große blonde Antje und Mohamed standen vor mir. »Samu, das ist ja eine Überraschung«, sagte er.

»Das finde ich auch«, antwortete ich. Sie lachten. Mama und Papa kamen dazu, alle umarmten sich ausgiebig. Nun wurde ich umarmt.

»Samu, gib mir doch mal einen Kuss auf die Wange.«, sagte Antje.

»Mir auch.«, sagte Mohamed. Ich dachte nicht lange nach und tat ihnen den Gefallen. Sie freuten sich und Antje gab mir eine Mark.

»Willst du dir noch eine Mark verdienen?«, fragte Mohamed und grinste sehr lieb. Er streckte mir die Wange entgegen und ich gab ihm noch einen Kuss. Die Kasse füllte sich.

»So, jetzt genug.«, rief Antje und kam herein. Im Wohnzimmer kamen beide aus dem Staunen nicht heraus.

»Ihr seid ja total verrückt. Das muss doch eine unheimliche Arbeit gewesen sein.«, sie schaute ratlos und hörte nicht zu staunen auf. »Mensch, das sieht alles extrem lecker aus. *Juchhu*, da sind die Weintraubenblätter. Mohamed und ich haben auf der Fahrt so sehr gehofft, dass ihr diese dollen Dinger fabriziert.«, sagte Antje.

»Ihr könnt ruhig schon mal anfangen. Den letzten beißen die Hunde.«, forderte Papa die Beiden auf.

»Neeee, wir fangen lieber mit einer Bowle an. Greta, davon hast du mir am Telefon erzählt. Das letzte Mal hast du so viel heftiges Zeug da rein gemacht, dass ich schon nach zwei Gläsern auf der Bar hätte tanzen können.«, witzelte Antje.

»Tja, das könntest du machen, Ansche. Aber nur wenn du einen Meter kürzer wärest.« Mohamed lachte *hohohoho*. So lachte er immer. Er nannte seine Frau nicht Antje, sondern Ansche. Antjes Lache hörte man selten, sie machte eher Lach-Grimassen. Und wenn sie lachte, dröhnte es durchs ganze Haus. *Klock, klock, klock...* Zu unserem Erstaunen durften wir in wenigen Augenblicken unsere liebe Tante auf der Party erleben. Das war sonst nichts für sie. Die laute Musik und der Trubel störte sie, so betonte sie noch am Tag zuvor.

»Ich bleibe lieber im Hintergrund. Ihr könnt mir gerne etwas von euren Speisen hinauf bringen. Und selbstverständlich von der Bowle und anderen bösen Weingeistern.«, fügte sie hinzu und schmunzelte beim Wort *Weingeist*. Dieser, so erklärte Mama später, hatte einen Alkoholgehalt von über 90 Prozent.

»Ich würde damit lieber die Fenster putzen, als daraus ein Getränk zu machen.«

»Tante Anna würde dieses schreckliche Zeug pur trinken. Sie meinte, dass sie davon bis ins hohe Alter gesund bliebe.«

Und tatsächlich erzählte sie in diesem Zusammenhang von ihrem damaligen Dorf, als sie noch jung war, und von einigen Winzern, die ihr Leben lang sehr hart in den Weinbergen schuften mussten. Tag ein, Tag aus. Durch den selbst gebrannten Weingeist, hatten sie trotz der Schufterei kaum Schmerzen und blieben sehr lange fit. Außerdem seien die Feste damit wesentlich lustiger gewesen.

»Guten Abend, die Herrschaften.«, begrüßte sie Antje und Mohamed. Sie trug ihr Haarnetz fein säuberlich und war so zurechtgemacht, wie sie sonst zur Kirche ging.

»Sie sind die ersten Gäste. Das ist sehr clever. So bekommt man von den besten Speisen und Getränken am meisten ab. Wie ich sehe, haben sie sich schon auf die Bowle gestürzt.«

»Och Tante. Antje und Mohamed haben sich nicht darauf gestürzt, sie haben danach gefragt und genießen sie als einen Aperitif.«, versuchte Papa ihr zu erklären.

»Jaja, ich verstehe schon. Ich meinte das ja nicht böse. Es war nur eine Feststellung. Du kennst mich doch. Ich kenne diese Leute aber nicht. Vielleicht sind sie ja...«, sie wollte fortfahren, doch Alex kam dazu und unterbrach sie.

»Wie schön. Ich habe euch schon lange nicht mehr gesehen. Wart ihr verreist, oder warum habt ihr euch nicht mehr blicken lassen?«

»Du bist eine hübsche Frau geworden, Alex. Von wem du das nur hast?«, sagte Mohamed, zwinkerte Papa zu, »Von deinem Vater sicherlich nicht!«, und lachte erneut *hohohoho*.

Die Stimmung war super und sogar Tante Anna hatte ein Grinsen für ihn übrig.

»Und Sie, haben sie auch Kinder? Sind sie katholisch?«, fiel Tante Anna über ihn her. Mohamed starrte auf Tante Anna. Mama und Papa schauten sich erstaunt an. Antje und meine Schwester Alex grinsten sich an, schauten auf Tante Anna.

»Ob sie katholisch sind?«, fragte sie erneut, starrte Mohamed noch etwas intensiver an, packte dabei an ihr Haarnetz und schob es zurecht. Alex und Antje brachen in ein nicht endendes Gelächter aus. So etwas Komisches habe ich von Tante Anna bisher nur auf der Terrasse erlebt, wenn sie sich über den Zaun beugte und bei den Borschs und Haferleins spionierte. Doch bei uns Zuhause hielt sie sich von den Gästen normalerweise fern. Mohamed gab ihr zu verstehen, dass er in Tunesien

159

aufgewachsen und muslimischen Glaubens sei. Sie spitzte ihre Lippen und presste sie dabei aufeinander.

»Ach ja. Dann haben Sie doch diese Gebetsteppiche. Sind die eigentlich bequem? Das ist wohl ihre Frau. Betet ihre Frau mit Ihnen?«

Sie zeigte auf Antje und holte nochmals aus: »Sie sehen übrigens aus wie diese Loreal, auf dem Felsen am Rhein.« Nun lachten wir alle gemeinsam und Tante Anna war ein wenig verwirrt.

»Lorelei, Tante! Sag mal Tantchen, hast du heute schon etwas getrunken?«, fragte Mama sie halb lachend, halb fassungslos.

»Naja, ein kleiner Weingeist«, antwortete sie.

»Nur ein kleiner?«, fragte Alex verwundert.

»Unsere Tante glaubt an die heilende Kraft des Weingeistes.«, klärte Papa Antje und Mohamed auf.

»Sie sind auf jeden Fall eine witzige Dame.«, scherzte Mohamed und verbeugte sich vor ihr. Tante Anna lachte.

»Und sie sind ein sehr netter Moslem. Möchten sie einen Weingeist mit mir trinken?«

Antje mischte sich ein und bestand ebenfalls auf einen Weingeist.

»Ich kann euch nur davon abraten.«, sagte Mama und warf ihr und Mohamed einen warnenden Blick zu.

»Wir sind dabei!«, sagte Antje sehr energisch.

»Samu, kannst du bitte die grüne Flasche mit dem roten Etikett aus meinem Kühlschrank holen?« Ich lief hinauf und kam wenige Sekunden Später zurück. Dabei folgte Jasmin mir auf dem Weg nach unten. Ich flüsterte ihr in kurzen Worten die Geschehnisse zu, sie betrachtete Tante Anna ein wenig verwirrt und sprach:

»Was machst du denn hier unten? Das ist ja eine Premiere.« Sie betrachtete Jasmin, winkte ihr mit angewinkelter Hand zu. So, wie es eine Königin machte. Nun musste Mama lachen und Tante Anna genoss es ganz offensichtlich im Mittelpunkt zu stehen. Alex und Jasmin tuschelten. Jasmin betrachtete dabei unsere Tante und die Weingeistflasche, die ich noch immer in der Hand hielt.

»Dann will ich aber auch mal von dem Zeug probieren!«, versuche Jasmin alle zu überzeugen.

»Das könnte dir so passen, du Schnapsdrossel.«, warf ihr Papa an den Kopf. Sie rollte ihre Augen. Das machte sie in der letzten Zeit wieder sehr häufig. Von wem hatte sie sich das wohl abgeschaut? Sie konnte so affig sein und das sagte ich ihr in diesem Moment.

»Man, Samu, kennst du noch andere Worte außer *affig*?!«

»Haben wir eigentlich Schnapsgläschen?«, stellte Papa die Frage in den Raum.

»Ach was, die brauchen wir doch nicht. Die Herrschaften trinken jetzt ihre Bowle aus und danach wird neu eingeschenkt.«, sagte Tantchen und nahm sich ein Wasserglas vom Tisch. Ich reichte Alex die Flasche. Sie füllte nur wenig in die Gläser und Tante Anna bestand darauf deutlich mehr zu bekommen.

»Nun geize doch nicht mit dem Weingeist!« Alle setzten das Glas an. Antje und Mohamed nippten kurz, verzogen ihr Gesicht und schauten verblüfft auf meine Tante. Diese zischte leise, atmete aus und stellte danach fest, dass sie davon immer gesund bleiben würde. Sie animierte beide dazu, ihr Glas auszutrinken. Antje gab Mohamed zu verstehen, dass es unhöflich wäre, der alten Dame diesen Gefallen auszuschlagen. Bis auf den letzten Tropfen, schluckten sie angewidert alles herunter.

»Und? Jetzt fühlen sie sich bestimmt gut, oder? Sie brauchen sich aber nicht bei mir zu bedanken.«

161

»Antje, kannst du so schön singen wie die Lorelei?«, fragte ich sie. Alle blickten mich an. Jasmin rollte schon wieder ihre Augen. Blöde Kuh.

Eine Stunde später hörte ich Jasmin sagen, dass uns die Klingel bald um die Ohren fliegen würde. Inzwischen waren mindestens die Hälfte aller Gäste bei uns eingetroffen. Es wurde gegessen und angestoßen. Ich hatte das Gefühl, dass das Lachen immer lauter wurde. Wir konnten es noch immer nicht glauben, unsere Tante war weiterhin mit dabei. Als die Brantners mit Margarete und Milo eintrafen, wurde gegrölt und gejubelt. Milo brachte tatsächlich seine indischen Baklawa mit. Ich weiß nicht, wer sich am meisten freute. War es mein Magen, oder mein Herz, oder alles an und in mir? Außerdem brachte er ein indisches Reisgericht mit, das Margarete in einem Topf im Beutel in die Küche brachte.

»Man muss es nur kurz aufwärmen.«, sagte Milo. Er fragte mich, ob ich so etwas kenne und schon gegessen hätte. Ich wusste es nicht genau. Ein Teil der Gäste hatte sich in den Partykeller verzogen. Dort befand sich eine Bar mit Tresen und allem, was dazu gehörte. Gegenüber der Bar waren zwei Tische und einige Stühle. In der Mitte des Raums tanzten bereits Antje und Mohamed. Sie hatten viel Freude an der Musik. Ich fand tanzen total affig, schaute aber gerne dabei zu. Obwohl es draußen kalt war, wurde es im Keller sehr schnell warm. Viele legten nach und nach immer mehr Klamotten ab. Es dauerte nicht lange und die Garderobe im Kellerflur quoll über. Meine Eltern staunten sehr darüber, wie die Silvesterparty sich entwickelte. Boris und ich hatten jede Menge zu tun. Wenn wir nicht gerade draußen waren und den ersten Silvesterböllern und Rakten zuschau ten, mischten wir uns hinter der Bar manchmal Cola mit Limo, bewarfen die Gäste in versteckter Haltung mit Korken und anderen kleinen Gegenständen. Wieder etwas später, rannte wir nach oben ins Wohnzimmer, um noch etwas von dem tollen Essen zu ergattern. Es war nur noch wenig von allem übrig. Ich vermutete, dass alle Gäste den ganzen Tag nichts gegessen hatten, um auf unserer Party richtig zuzuschlagen. Peter und Nadia saßen im obersten Stock vor dem Fernseher, in Tante Annas Wohnung und sahen sich eine lustige Sendung an. Jasmin nannte das Fernsehprogramm eine *affige Scheiße*. Hin und wieder kam Nadia herunter und suchte ihre Eltern. Sie war geschminkt und sah absolut lächerlich aus.

Als ihre Mutter tanzte, rief sie Nadia zu sich und sie tanzten zusammen. Sie wirbelten herum und Brigitte fiel ihr Cocktailglas aus der Hand. In den nächsten zehn Minuten sah ich sie nur noch mit Eimer und Lappen auf dem Boden herumkriechen, während die Labodis und die Haferleins sangen. Am Tisch saßen die Borschs und lachten mit den Sirins. Mama bemerkte, dass alle schon sehr viel getrunken hatten. »Greta, was hast du dir denn dabei gedacht?« Frau Borsch hielt ihren Cocktail in die Höhe und deutete auf das Schirmchen. Darauf war ein Düsenjet und ein anderes Zeichen zu sehen. Herr Sirin meinte, es sei das Zeichen der Bundeswehr. Er wollte von Mama wissen, ob sie in eine Kaserne eingebrochen war und diese Schirmchen geklaut hätte. Mohamed hatte das mitbekommen und formte aus einer blauen Serviette eine Kappe. Er sah extrem blöd damit aus. Mit dieser Kappe auf dem Kopf, schrie er:

»Greta, stillgestanden!« Papa stand hinter der Bar und zapfte Wolli ein weiteres Bier. Er fragte Antje mit extra lauter Stimme, ob Mohamed auch mit ihr so reden würde. Boris und ich kamen aus dem Staunen nicht mehr raus. Was war in den wenigen Stunden mit unseren Eltern und allen anderen Gästen geschehen? Wir fühlten uns wie in einem lustigen Fernsehfilm. Boris flüsterte mir zu, dass der Film im Fernsehen gerade nur halb so lustig sein könne. Nadia und Peter würden einiges verpassen. Die Beiden schliefen schon längst, so berichtete Frau Becker. Sie beschloss ihren Sohn Peter und Nadia kurz vor Mitternacht aufzuwecken. Sie schien erleichtert darüber, nun nicht unentwegt einen Kontrollgang hinauf in den zweiten Stock machen zu müssen. Brigitte war permanent zu beschäftigt und dachte nicht mehr daran, nach Peter und Nadia zu schauen. Boris und ich liefen hinauf und wollten uns die Schnarchnasen anschauen. Zu unserer Verwunderung sahen wir zwar Peter, in Tante Annas bequemen Fernsehsessel, doch von Nadia war keine Spur. Peter lief etwas Speichel am Mundwinkel herunter. Tante Anna hätte das sicher nicht besonders toll gefunden, den kleinen Jungen sabbernd in ihrem heiligen Sessel vorzufinden. Das konnte sie allerdings nicht erfahren, denn sie war weiterhin beschäftigt, alle Gäste mit ihrem Weingeist zu heilen.

Auf der Straße zischten inzwischen noch mehr Raketen. Boris und ich mischten uns unter die rauchenden Gäste auf der Terrasse. Es war kalt. Doch durch die Hitze im Keller, waren wir so aufgewärmt, dass wir es eine Zeit lang ohne Jacke aushielten. Tante Anna saß im Wohnzimmer auf der Couch und beobachtete die Partygäste und das Getöse wie einen Spielfilm im Fernsehen. Sie hatte am Buffet ordentlich zugegriffen und lobte besonders das indische Essen, das ihr vollkommen fremd und etwas zu scharf war. Dennoch nahm sie sich davon eine zweite Portion. Die Gerbers sah ich bis zu diesem Zeitpunkt nur essen. Gerade als sie mit Süßkram aufhörten, begannen sie nach kurzer Zeit erneut mit Pizza, Salat, dem indischen Essen und anderen Köstlichkeiten. Tantchen schlug ihnen vor, mit ihr zum Abschluss des Essens einen Weingeist zu trinken. Sie konnten nicht wissen, dass Mama davon überzeugt war, mit diesen Trunk Feuer spucken zu können. Das stellten die Gerbers sehr bald selbst fest. Sie würgten nur einen kleinen Teil davon herunter. Tante Anna drängte sie das Glas zu leeren und versprach ihnen davon gesund zu bleiben, oder zu werden. Außerdem hätte sie bereits gezählt, wie oft sie am Buffet gewesen seien.

»Ein Wunder, dass sie nicht so dick wie diese Ramona sind. Glauben sie mir. Ich bete für diese dicke Frau, dass der Herrgott ihren Bauch schrumpfen lässt.« Damit meinte sie Svenjas Mutter.

Ich sah von der Terrasse aus, dass Tante Anna sich erhob und durch den Flur Richtung Küche schlenderte. Mama rief, dass wir noch anderthalb Stunden Zeit hätten. Erst dann wäre es null Uhr. Frau Haferlein machte sich Sorgen um ihren Mann. Sie befürchtete, er hätte bereits zu viel getrunken.

Jasmin und Alex saßen die meiste Zeit in der Küche, aßen, lachten und spielten mit Michaela ein Spiel.

»Wer ist denn da? Ich muss bitte dringend auf die Schüssel.«, rief Jasmin durch die Toilettentür dem oder der Unbekannten zu und klopfte genervt. Nichts rührte sich. Boris und ich mischten uns ein und klopften mit ihr an die Tür. »Ja!«, hörte man eine ebenso genervte Stimme rufen. Boris und ich lachten und riefen ebenfalls dieses genervte »Ja!« zurück. Ich bemerkte, dass einige der umher stehenden Partygäste ungeduldig wurde. Es wurde viel getrunken und deshalb war die Toilette fast den ganzen Abend besetzt. Die Tür blieb verschlossen. Immer mehr Gäste mussten nun auf die erste Etage ausweichen. Mama war das überhaupt nicht recht. Sie sagte vor jeder Party, dass sie froh wegen des Gästeklos sei. Sie wollte nur ungern andere Leute in ihr Badezimmer lassen. Jasmin und Alex stimmten ihr dabei zu. »Wer ist denn da bitte auf dem Klo?«, fragte Alex mit einer belustigten Stimme. »Es gibt noch andere Menschen, die dringend müssen.« Tante Anna meldete sich mit leiser Stimme. Sie sagte, dass sie nicht mehr hinaus kommen wollte. Es ginge gerade nicht. »Dann mache bitte das Fenster auf. Was hast du denn?« Sie wusste nicht genau was los war und vermutete, dass das scharfe Essen daran Schuld sein musste. Sie konnte es angeblich nicht bis in ihre Wohnung im zweiten Stock schaffen.

Vor dem Badezimmer im ersten Stock staute es sich. Nadia hatte das Badezimmer blockiert und die Tür abgeschlossen. Alexandra, Jasmin und Michaela wollten das Problem lösen und klopften an die Tür. Nadia war vollkommen verrückt geworden. Sie wollte sich schminken, die untere Toilette war besetzt und im Badezimmer hatte sie am frühen Abend ihre Schminksachen versteckt.
»Nadia, du bist erst neun Jahre alt und brauchst dich nicht zu schminken. Was ist das denn für ein Blödsinn?«, rief Michaela. Sie war wütend. In diesem Moment kam Herr Brantner dazu und schimpfte durch die Tür.
»Wenn jetzt nicht bald etwas passiert, müssen wir auf die Toilette in die Wohnung der alten Lady. Das will ich eigentlich nicht!«, sagte Mailo mit recht zorniger Stimme. Er musste wirklich sehr dringend. Nadia öffnete die Tür und sah aus wie ein Clown. Zunächst erschreckte

ich mich, dann schlug mir Boris auf die Schulter und stellte lauthals fest, dass Nadia am besten in einer Geisterbahn spuken sollte. Zornig lief Nadia auf Boris zu, umarmte ihn und drückte ihre knallroten Lippen auf seinen Mund. Sie klammerte sich regelrecht an seine Schultern und lies erst Sekunden später von ihm ab.

»Jetzt siehst du aus, wie vom Clown geknutscht«, rief ich völlig begeistert. Nadia näherte sich auch mir, doch ich konnte ihr im letzten Moment ausweichen. Ihre Mutter nahm sie an der Hand und schob sie auf der Treppe nach oben. Sie schimpfte, kam die Treppe herunter und entschuldigte sich bei allen Anwesenden.

Im Keller war die Stimmung auf dem Höhepunkt. Jasmin, Alex und Michaela tanzten mittlerweile mit Antje, Mohamed, Edgar, Brigitte, Heider und Victoria. Auch Mama war dabei und von Victoria fasziniert:

»Du kannst dich ja super bewegen.«, bemerkte sie etwas neidisch. »Wo hast du das gelernt?« Obwohl Mama die Frage mehre Male in Folge wiederholte, gab Victoria keine Antwort. Jasmin machte ihr typisches Gesicht, wenn sie erstaunt war. Sie zog die Augenbrauen nach oben und die Mundwinkel nach unten.

»Tanzt doch auch mit!«, forderte uns Brigitte auf. Doch Boris und ich machten uns lieber über die Chips auf dem Bartresen her.

Tante Anna hatte sich inzwischen in ihre Wohnung verzogen und wollte ihre Ruhe haben. Nadia und Peter waren nun im Wohnzimmer und spielten mit unserem Atari. Boris und ich wechselten uns mir ihnen ab. Später nahmen auch die Beckers den Joystick in die Hand. Frau Becker war richtig gut, obwohl es für sie das erste Computerspiel war. Später kam Antje dazu und spielte gegen sie. Die Verliererin musste einen weiteren Weingeist von Tante Anna trinken. Ich fand das affig. Jasmin hatte mir vor Kurzem verboten das Wort *affig* zu sagen. Jetzt sagte ich es erst recht umso öfter. Es musste wirklich schlimm schmecken. Was sollte das? Beide spielten was das Zeug hält und wollten unter keinen Umständen verlieren.

Noch öfter starteten inzwischen Silvesterraketen. Mittlerweile war es auf der Terrasse nicht nur kalt, sondern auch windig. Die Garderobe mit den Jacken, Pullovern und anderem Kram leerte sich. In wenigen Minuten würde Mitternacht sein. Ich freute mich auf das Feuerwerk und ganz besonders auf das Bleigießen danach. Das machte mir am meisten Spaß. Mama kaufte es mir vor einigen Tagen, weil ich es schon seit Wochen ganz dringend bestellt hatte. Auf dem Rasen wurden Flaschen aufgestellt und bereits erste Raketen hineingesteckt. Richtig laute Böller hatten alle anwesenden Frauen untersagt. Im Garten sollte es nur die weniger laute Raketenstarts geben. Besonders Antje betonte mehrmals, dass es für sie Bedingung sei, um überhaupt im Garten an der Feier teilnehmen zu können. Sie hatte echte Angst vor den lauten Knallern. Boris und ich durften später auf die Straße gehen und ein paar kleinere Knaller zünden. Alex, Jasmin und Michaela sollten dabei sein und etwas aufpassen. Sie waren darüber nicht sehr erfreut und wollten später Svenja besuchen. Sehr gerne wäre ich dabei gewesen. Ich wollte Boris die verrückte Ramona zeigen. Es wurde uns nicht erlaubt. Wir sollten stattdessen bald schlafen gehen.

Zehn – neun – acht – sieben – sechs – fünf – vier – drei – zwei – eins – null, wurde einstimmig heruntergezählt. Die Lautstärke der gesprochenen Nummern nahm von Zahl zu Zahl zu. Die Null wurde letztendlich aus voller Kehle gebrüllt. Mailo startete die Raketen, Mohamed küsste allen Frauen auf die Wange. Antje gab er einen Kuss auf den Mund. Ähnlich machten es auch die anderen Männer. Frau Borsch begann plötzlich zu weinen und Mama nahm sie ganz fest in den Arm. Alex und Jasmin zeigten auf ihre Wange und verlangten von Boris und mir einen Kuss. Es war extrem lustig. Alle lagen sich in den Armen und wünschten sich ein frohes neues Jahr.

»Können wir dann Bleigießen machen?«, rief ich dazwischen. Die Menge lachte. Ich wusste nicht warum.

»Auja!«, rief mir Michaela entgegen. »Das liebe ich total und außerdem will ich wissen was mir in diesem Jahr alles passieren wird.«

Das geschmolzene Blei wurde in ein Glas Wasser geschüttet und daraus formten sich die komischsten Figuren. Nun musste man versuchen, daraus eine Figur zu erkennen. Jede Figur hatte eine Bedeutung und würde ausdrücken, was man im neuen Jahr zu erwarten hätte. Jasmin fand das *absolut affig*. Sie benutzte tatsächlich *mein* Wort! Blöde Kuh.

Eine Rakete zündete und in diesem Moment gab es eine starke Windböe. Sie verfehlte nur ganz knapp die gegenüberliegende Hauswand, krachte gegen das Dach. Es folgte eine relativ starke Explosion, die sich auf der Terrasse wie ein lauter Böller anhörte. Antje erschrak so stark, dass ihr das Sektglas aus der Hand rutschte und klirrend auf den Boden fiel. Sie flüchtete schreiend ins Wohnzimmer und kam nicht wieder hinaus. Heider hingegen rief im Spaß:

»Nochmal, nochmal, nochmal.« Tante Anna öffnete ihr Dachfenster und schimpfte lautstark.

Etwas später saßen Michael, Alex, Boris, Nadia, Peter und ich am Küchentisch und zündelten. Endlich war es

Zeit für das Bleigießen. In dem Päckchen mit den Metalllöffeln waren kleine Bleistücke und eine Liste von den Figuren, die daraus entstehen konnten. Zunächst legte Michaela eines davon auf ihren Löffel und hielt das Feuerzeug etwa eine Minute darunter. Es dauerte seine Zeit, bis das Blei heiß genug war und schmolz. Nun war auf dem Löffel nur noch Bleisuppe. Michaela schüttete das flüssige Blei in das Wasserglas und es zischte kurz. Sie nahm das abgekühlte Bleistück aus dem Wasser und schaute es intensiv an. Alex las nun langsam die aufgelisteten möglichen Figuren vor.

»Leiter, Krake, Kopf, Katze, Esel, Blume, Schwan...«, plötzlich schrie Michaela *Stopp*. Sie sah in dem Gebilde aus Blei einen Schwan. Ich schaute das Bleistück an und erkannte unglaublicher Weise diesen Schwan, der sich in der erkalteten Bleisuppe entwickelte. Seine Flügel waren zwar ungleich lang und etwas eigenartig gebogen. Doch alle, bis auf Peter, erkannten die Figur in dem Bleiklumpen. Auf der Liste war die Bedeutung des Schwans so erklärt, dass man anderen Menschen öfter helfen sollte. Danach gossen Nadia und Boris einen Schuh und ein Schwein. Gleichzusetzen mit einer Aufklärung eines Problems für Nadia und das Schwein bedeutete eine Hand voll Glück für Boris.

Alex war an der Reihe. Sie sah in ihrer Bleifigur ein Kleid oder einen Rock. Die Bedeutung war, dass sie in diesem Jahr besonders intensiv leben, lieben und lachen würde. Ich hätte damit nicht viel anfangen können.

»Kannst du damit etwas anfangen?«, fragte Jasmin sie und stupste dabei mit ihrer Hand gegen ihren Ärmel.

»Soll das etwa bedeuten, dass ich in den letzten Jahren zu wenig gelebt, geliebt und gelacht habe? Ich habe ja von Anfang an gesagt, dass dieses Bleigießen Humbug ist.«

»Jetzt sei doch nicht so zimperlich, Alex. Das ist doch nur ein Spiel und soll einfach ein bisschen Spaß machen.«, ermahnte Michaela sie.

»Und wenn sie das Blei nochmal flüssig macht und alles wiederholt?«, rief ich in die Runde. Jasmin verneinte das und schaute Alex ungläubig an.

Nun legte ich eines der Bleistücke auf meinen Löffel. Ich hielt das Feuerzeug darunter. Der Klumpen Blei begann zu schmelzen und ich war sehr gespannt was nun kommen würde. Es zischte und ich wusste sofort an was mich diese Figur erinnerte. Ein Baum.

»Alex, gibt es in der Liste auch einen Baum?« Sie schüttelte mit dem Kopf.

»Och mann, aber das ist doch ganz klar ein Baum.«, sagte ich enttäuscht. Sie hatte das Wort tatsächlich überlesen und entdeckte wenig später den Baum und seine Bedeutung. Die Erklärung passte genau, fand Alex. Der Baum würde im neuen Jahr etwas Neues wachsen und gedeihen lassen.

»Samu, das ist toll. Du wirst auf der neuen Schule bestimmt viel Erfolg und Spaß haben.«, sagte Alex mit einem Augenzwinkern.

»Aha. Bislang konnte mir nur diese Hellseherin in der Schule sagen, was geschehen würde.«, stellte ich fest.

»Sag mal Alex, warum glaubst du, dass bei mir die Beschreibung stimmt, bei Dir aber nicht?« Ich glaubte lieber einem Bleistück, als dieser unverschämten Frau Dingsda. Ich war sehr gespannt, was das letzte Jahr in der Grundschule bringen würde und besonders, was danach käme. Eine Stunde später lag ich im Bett und schlief.

Kapitel 11 – Die letzte Runde

Auf dem Schulhof wurde noch nie so viel geplaudert, wie am ersten Schultag nach den Weihnachtsferien. Zumindest kam mir das so vor.

»Ja, ich habe so viel geschenkt bekommen. Hatte überhaupt nicht damit gerechnet. Meine Eltern sagten, dass das die Belohnung für mein gutes Zeugnis sei. Ein total schönes Armband, diese neuen Schuhe von.... ääh, hab ich vergessen... eine wirklich tolle Lavalampe. Die steht jetzt über meinem Bett und wechselt sogar die Farbe.«

»Echt? Das ist ja Wahnsinn. Die muss ich unbedingt sehen. Was hast Du eigentlich an Silvester gemacht? Wir waren bei Freunden eingeladen. Es war so ätzend langweilig, dass ich sogar mit meinem Bruder geredet habe.«, sie lachte erst schrill und kicherte danach viel zu lang. Solche Unterhaltungen dauerten nicht nur während der ersten Schulpause an. Auch in der Zweiten war ich froh, dass Daniel, trotz des schlechten Wetters, mit mir an die Tischtennisplatte ging. Er hatte anscheinend auch die Nase von diesem Geplärre voll. Ich stellt mit Erstaunen fest, dass fast nur die Mädchen diese nicht enden wollenden Gesprächen führten.

Daniel war nach wie vor in Melanie verknallt. Das konnte jeder sehen. Er fragte mich andauernd, wie es denn war, Melanie geküsst zu haben. Obwohl ich ihm natürlich jedes Mal die gleiche Antwort gab, überlegte ich mir nach und nach kleine Änderungen. Er bemerkte offensichtlich nicht, dass er mit seiner Fragerei total nervte. Er tat mir natürlich auch Leid, denn eigentlich hatte er es verdient, den Josef zu spielen. In der ersten Pause wurde er sogar rot, als sie an ihm vorbei ging und ihm sagte, dass sie sich freue, wie schnell er sich von der Krankheit erholt hatte. Eine solche Reaktion kannte ich von Daniel nicht. Er konnte kaum sprechen. Alle anderen Mitschüler wunderten sich über ihn und hätten im Traum nicht daran gedacht jemand zu zeigen, dass man ihn oder sie toll fand.

»Samu, hat Melanie eigentlich oft nach mir gefragt, als ich krank Zuhause war? Ich meine ja nur, sie war doch bestimmt auch sehr überrascht. Wie war es denn, als Frau Bergenwald vor der Klasse diese Nachricht verkündete?« Daniel saß inzwischen neben mir und hatte das Pult mit einem Mitschüler gewechselt, der zuvor neben mir saß und mir sowieso auf die Nerven ging. Er flüsterte mir in regelmäßigen Abständen etwas zu, wenn Frau Bergenwald sich zur Tafel drehte, um etwas anzuschreiben. Dabei passte er ganz genau darauf auf, bloß nicht zu laut zu werden und seinen Kopf nach vorn zu drehen, sobald Frau Bergenwald die Klasse anschaute. Er hatte das wirklich gut drauf.

Ich versuchte für ihn alle Ereignisse der letzten Tage vor den Ferien zusammenzufassen. Besonders den Moment, als Frau Bergenwald mit der schlechten Nachricht seines Ausfalls vor die Klasse trat. Inzwischen hatte ich das Gefühl, dass ich mehr quatschte, als die Mädchen in den beiden Schulpausen. Daniel war vollkommen verrückt. Er fragt und fragte. Doch irgendwann musste der Moment kommen, an dem unsere Lehrerin das Gequatsche bemerkte.

»Daniel, ich kann ja verstehen, dass du viel nachzuholen hast. Du warst ja lange krank. Doch gerade jetzt ist es wirklich keine gute Idee, denn es stört mich und die Anderen.« Daniel kam nicht dazu sich zu entschuldigen.

»Frau Bergenwald«, Melanie übernahm das Wort, »ich finde wir sollten Daniel erzählen, wie die Aufführung gelaufen ist. Er hatte so viel Arbeit mit seiner Rolle und am Ende war für ihn alles umsonst. Mir tut das sehr Leid.«

Sie wendete sich ihm zu. Die Reaktion von Daniel war abzusehen. Er wurde rot, und das vor der gesamten Klasse. Ich fand das sehr amüsant und stieß ihm meinen Ellenbogen vorsichtig in seine Seite. Einige begannen zu kichern und auch Frau Bergenwald verstand recht schnell.

»Ich gebe dir Recht, Melanie. Daniel, Samu hat dich sehr gut vertreten und wir haben durch ihn gemerkt, wie aufwendig diese Rolle ist. Wahrscheinlich kannst du immer noch alles auswendig herunter beten. Du darfst nicht vergessen, so einen Text zu lernen, ist wirklich eine große Arbeit und zeugt von großem Können. Kompliment nicht nur an Samu, sondern auch an Daniel. Ohne ihn wäre das Theaterprojekt gescheitert.« Danach begann ein wildes Durcheinander und es mutete fast wie auf dem Schulhof an. Frau Bergenwald machte große Augen und es war ein seltener Moment gekommen. Sie schrie.

»Jetzt ist Schluss! Die kurze Unterbrechung bedeutet nicht, dass ihr jetzt alle wie die Hühner durcheinander gackern sollt. Ihr seid jetzt bitte wieder ruhig. Ich kann verstehen, es ist die sechste Stunde, dennoch müsste ihr die letzten 20 Minuten konzentriert mitarbeiten. Dieser Stoff hier ist für die kommende Klassenarbeit von größter Bedeutung.«

Ein Murren ging durch die Reihen, dann wurde es still. Manchmal konnten selbst 20 Minuten extrem lang sein.

Am Fahrradständer traf ich mich mit Tobias und Frank. Vorher verabschiedete ich mich von Daniel. Wir vereinbarten uns sehr bald zu treffen, um das Hamburger-Spiel auf dem Computer fortzusetzen. Ich wusste nicht, was ich weiter zu ihm hätte sagen sollen, denn er dachte nach wie vor immer noch an sie. Wie konnte man permanent an Mädchen denken? Es gab viel wichtigere Sachen. Frank war weiterhin so laut und verrückt, wie ich ihn kannte. Er änderte sich glücklicherweise nie. Tobias kam allerdings nicht zu Wort und das schien ihm nicht zu gefallen.

Der Fahrtwind war nur schwach und deshalb bereitete ich mich auf das unvermeidliche vor. Das Gebäude von Broicher, an dem wir ja leider vorbei radeln mussten, produzierte weiterhin diesen schrecklichen Gestank. Daran hatte sich auch im neuen Jahr nichts geändert. Warum auch? Frank redete, lispelte und redete und lachte sich als einziger über seine Witze kaputt. Ohne die Luft anhalten zu müssen, hätte ich besonders über einen Witz gelacht. Frank rief uns auf dem Fahrrad zu:

»An Weihnachten erzählte mir mein Onkel einen Witz. *Sagt ein Schneemann zum Anderen, riechst Du auch die Karotten?*«

Also, ich fand ihn witzig. Viel witziger fand ich die Tatsache, dass er fast Tränen lachte, während Tobias den Witz entweder nicht verstand, oder vermutlich vollkommen dämlich fand. Es war wesentlich unterhaltsamer, mit beiden nach Hause zu fahren. Es war eine gute Idee, Frank zu fragen, ob er mit uns kommen wollte. Was Tobias darüber dachte, war mir ehrlich gesagt ziemlich egal. Auf halber Strecke erreichten wir das Haus der Wilmers und verabschiedeten Frank. Die restliche Zeit erzählte Tobias mir von einem Vorfall, den ich in der Pause verpasst hatte, da ich mit Daniel an der Tischtennisplatte gespielt hatte.

»Du glaubst es nicht, Nils hat wieder voll aufgedreht.

Ihm sind die Ferien anscheinend nicht gut bekommen.«, bemerkte Tobias.

»Du meinst diesen verrückten außerirdischen Nils?«

»Ja klar, welchen denn sonst?«, fragte er mich verwundert.

»Er ist so ein Arsch gewesen. Kennst Du Martin aus der 4d? Der hat überhaupt nichts Schlimmes angestellt und sagte, dass er ihn nur angeschaut hätte. Er stand nur da, unterhielt sich und plötzlich kam Nils auf ihn zu. Übrigens sah er heute komisch aus... also, Nils. Wahrscheinlich hatten seine Eltern ihm Klamotten von einem anderen Planten geschenkt.«

Wir lachten und Tobias hatte wieder diesen bösen Unterton in seiner Stimme.

»Jedenfalls kam Nils von hinten auf ihn zu und schubste ihn so fest, dass er zu Boden fiel. Das muss ziemlich heftig gewesen sein.«, sagte Tobias mit dunkler Stimme, »Martin stand sofort auf und versuchte sich zu wehren. Du kannst Dir vorstellen, dass er keine Chance hatte.«

»Das mit Nils kann so nicht weiter gehen.«, sagte ich verärgert, »Entweder wir melden das, oder unternehmen selbst was. Ich habe nur keine Ahnung, wie man ihm eins auswischen könnte.«

Tobias erzählte weiter:

»Martin war danach bereits bei der Schulleiterin und die sagte wohl zu ihm, dass ihr das Problem schon lange bekannt sei. Und das bedeutet, dass sich seit langer Zeit einfach nichts ändert, obwohl alles bekannt ist!«, rief Tobias mit Nachdruck.

»Ich habe von Nils ziemlich guten Noten gehört. Nicht nur in Sport. Ich glaube, deshalb passiert nicht viel mit ihm. Er behauptet, dass er andauernd veräppelt würde und sich nur zur Wehr setzen müsste.«, sagte Frank, während er leicht ins taumeln kam.

»Das kann ja sein«, ich regte mich auf, »aber schlagen darf er uns deshalb doch nicht. Wenn ich jedes Mal jemand schlagen würde, der mich aufregt, dann hätte ich viel zu tun. Nein, ehrlich, also, naja ich lasse mir von ihm nichts mehr gefallen. Wenn er das nächste Mal aggressiv wird, frage ich ihn zuerst nach seinem Grund. Wenn das dann nichts nützt, müsst ihr einfach alle zu mir halten und mir helfen. Und ihr dürft mich nicht hängen lassen! Tobias?« Ich schaute ihn mit einem strengen, fragenden Blick an und wartete auf sein Versprechen.

»Also gut, ich bin dabei und wenn er dir was antun will, helfe ich dir. Du kannst außerdem auch Daniel und Frank fragen. Haben die nicht auch schon darüber gesprochen, dass sie Angst vor ihm haben?«

»Ich weiß es nicht«, rief ich ihm zu und schaute etwas ratlos, «ich habe bisher mit beiden noch nicht über Nils geredet. Wenn er in den Pausen so blöd ist, schauen wir meistens hin und denken uns unseren Teil.«

In diesem Moment verstand ich das Problem mit Nils. Alle hatten derart große Angst vor ihm, dass sie wie gelähmt waren. Jeder befürchtete, dass er sich eine fangen könnte, wenn er sich ihm in den Weg stellte. Mir ging es nicht anders. Ich hasste diesen blöden Nils inzwischen so sehr, dass ich keine Lust mehr hatte, einfach nur hinzuschauen. Wehe, er würde sich mir noch einmal in den Weg stellen und mich bedrohen.

Es dauerte noch einige Tage, bis ich durch einen Zufall auf Nils traf und er mich auf seine besondere Art provozierte. Ich lief gerade über den Schulhof, da hörte ich ihn hinter mir: »Ach guck mal, der Samu. Dich hat der Weihnachtsmann leider nicht auf seinem Schlitten mitgenommen und nun gehst du uns noch ein ganzes

Schuljahr auf die Nerven.«

Er wirkte noch größer als sonst. Das war nicht möglich. Er konnte nicht während der kurzen Zeit in den Ferien so viel gewachsen sein. Er kam auf mich zu und stellte sich mir in den Weg. Als ich ihm ausweichen wollte, versperrte er ihn mir erneut und auch bei den anderen Versuchen ließ er nicht locker.

»Warum machst du das?«, fragte ich ihn in einem gespielt ruhigen Ton.

»Warum mache ich was?«, schrie er mir ins Gesicht.

»Na das! Immer suchst du dir andere Leute, die du ärgerst und sogar schlägst. Was habe ich dir denn getan?«

»Halt die Klappe, du Vogel. Ich kann machen was ich will. Was haste denn eigentlich für ein Problem?«

»Ich?«, fragte ich verwundert. Es platzte aus mir heraus, ich prustete. Ich musste schallend lachen. Dabei rief ich mehrere Male:

»Ich? Ich? Ich?«, und das machte ihn immer wütender. Er trat allmählich näher an mich heran. Inzwischen konnte ich beobachten, dass viele Blicke auf uns gerichtet waren. Doch wo waren Tobias und Frank? Ich schaute mich um und sah sie beide auf uns zukommen. Ich hatte vorher insgeheim bereits überlegt, wie ich mit Nils alleine zurecht kommen würde. Ich dachte daran mich zu verteidigen und glaubte für einige Sekunden, dass ich ihm böse zusetzen könnte. Doch ein kurzer Blick auf seine Oberarme, die sich unter der Jacke sehr gut abzeichneten, nahmen mir jede Hoffnung. Ich konnte nur noch wegrennen und hoffen, dass ich heute einen meiner Tage hatte, an dem ich besser beschleunigen konnte.

»Was wollt ihr Vögel denn hier? Ihr spinnt ja wohl. Das hier ist eine Sache zwischen Samu und mir. Seht zu, dass ihr euch vom Acker macht.« Nils bäumte sich immer weiter auf.

178

»Nein, du hörst sofort damit auf Samu zu ärgern.«, sagte Tobias mit etwas brüchiger Stimme.

»Was willst du Naseweis mir befehlen?«, schrie Nils und langte ihm eine. Ich hatte nicht mitbekommen, dass er den Arm hob und die Hand in sein Gesicht schleuderte. Ich sah sie von jetzt auf gleich, einen roten Abdruck in seinem Gesicht erzeugen. Nun platzte mir der Kragen. Ich trat ihm gegen das linke Schienbein und schubste ihn so fest, dass er ins Taumeln kam. Er konnte nur knapp verhindern, nicht zu Boden zu fallen. Er stand auf und nun stellte sich Frank in seinen Weg. Nils drückte ihn zur Seite, als ob er aus Papier bestünde. Ich lief so schnell ich konnte in Richtung Tischtennisplatte und hoffte, dass Daniel mir helfen würde. Durch den Tritt hatte Nils anscheinend Schmerzen in seinem Schienbein und war bei weitem nicht so schnell wie sonst.

Ich lief um die Tischtennisplatte herum und plötzlich hatte ich eine Idee, die mir vermutlich helfen konnte, ihn zu besiegen. Ich drehte mich herum und rief:

»Was bist du denn für eine lahme Schnecke?«

Daraufhin zeigte er seine enorme Geschwindigkeit. Nun war ich nur noch etwa zehn Meter vor ihm und er holte mit jedem Schritt auf. Ich schrie nochmals mit ganzer Stimme, dass er ein Schlappschwanz sei. Nun liefen wir auf die Toilettenräume zu und alles geschah so, wie ich es mir ausgerechnet hatte. Kurz vor der Außenwand des Toilettenhauses bremste ich mit aller Kraft und warf mich zur Seite. Dabei rutschte ich aus und meine Hose zerriss. Nils hingegen hatte anscheinend nicht damit gerechnet und konnte nicht schnell genug abbremsen. Er donnerte gegen die Wand und schrie vor Schmerz. Mit einer gehörigen Portion Wut im Bauch, aber auch einer großen Menge Genugtuung, schritt ich auf ihn zu und sagte ihn einem sehr lauten Ton:

»Ich habe dich gerade total verarscht. Du bist selbst Schuld und hast es verdient. In Zukunft werde ich mir noch mehr solcher Sachen einfallen lassen. Lass gefälligste die Hände von mir, meinen Freunden... und... einfach von allen!«

Die nächsten vier Worte brüllte ich in einer solchen Lautstärke, dass ich selbst erschrak:

»Lass uns in Ruhe!«

Nun mischten sich alle herumstehenden Mitschüler und Schülerinnen ein. Sie stimmten mir zu, Nils schaute ein wenig ungläubig. Frank und Tobias verlangten von ihm, dass er sich entschuldigen müsse. Nils war über die Wendung der Situation sehr verwundert und verneinte diesen Wunsch mit heftigem Kopfschütteln. Ich spürte die Wut in mir und sah, dass es allen anderen ähnlich erging. Es dauerte nur ein paar Momente und es traten immer mehr heran, die irgendwann einmal ein Opfer von ihm wurden. Nils war umzingelt und wollte sich nicht ergeben. Er hatte sich inzwischen von dem Aufprall gegen die Wand erholt und schaute mit bösen Blicken in alle Richtungen. Auf dem Schulhof war es so still, wie ich es bislang noch nicht erlebt hatte. Um ihn herum wurde es plötzlich lauter.

»Jetzt entschuldige dich, Nils. Du musste dich entschuldigen. Du hast mich letzte Woche von hinten geschubst. Kannst du dich daran erinnern? Ich mich schon. Ich fiel dort hinten auf den Boden in eine Pfütze und war den Rest des Tage nass und dreckig.« Martin, ein sonst sehr ruhiger Junge aus der Nachbarklasse, deutete in die Richtung des hinteren Schulhofs, wo die Tischtennisplatten waren.

»Ja, genau, das habe ich auch gesehen!«, rief eine seiner Klassenkameradinnen zu ihm. Danach schaute sie auf

Nils, der fast zwei Köpfe größer war. Die Rufe verblassten allmählich, als sich die Eingangstür zum Schulgebäude öffnete. Die Direktorin, Frau Mangold, trat zu uns heran und schaute sich verwirrt um.

»Was ist denn hier los? Nils, du blutest an der Stirn. Wer hat dich geschlagen?«

»Niemand!«, entgegnete ich ihr, noch bevor Nils antworten konnte.

»Diesmal hat er mich angegriffen und danach über den ganzen Schulhof gejagt. Am Ende habe ich ihn überlistet und er hat sich selbst verletzt.« Die Direktorin schmunzelte für einen Augenblick und schaute nicht mehr so besorgt, wie noch ein paar Momente zuvor.

»Ist das wahr, Nils? Hast du schon wieder versucht jemand zu schubsen und zu schlagen? Das kann doch nicht wahr sein. Wir haben dich schon so oft ermahnt und deine Eltern sicherten mir zu, dass du dich ändern würdest. Ich werde deine Eltern sofort hierher bestellen. Ich überlege mir in der Zwischenzeit nicht ob, sondern wann du die Schule verlassen wirst. Und jetzt geh zum Erste-Hilfe-Raum und lass deine Wunde versorgen.«

»Samu hat mich getreten und dann wollte ich es ihm heimzahlen. Ich lasse mich von so einem Vogel wie dem da nicht treten.« Ich dachte zuerst, mich überhört zu haben. Er meinte ernsthaft, mich für alles verantwortlich machen zu können. Doch an diesem Tage hatte er nicht damit gerechnet, dass sich alle gegen ihn vereinen würden und mir somit halfen, den wahren Verlauf genau darzustellen. In Frau Mangolds Gesicht sahen wir nun alle eine Mischung aus Zorn, Erstaunen, Trauer und noch einen anderen Ausdruck, den ich nicht beschreiben konnte. Sie schaute Nils noch ein wenig strenger an und zeigte wortlos auf den Erste-Hilfe-Raum. Ich hätte an seiner Stelle wirklichen Bammel gehabt. Schon alleine der Blick von Frau Mangold war beängstigend. Auf seinem Weg zum Erste-Hilfe-Raum begannen viele zu jubeln und es war eine sichtliche Erleichterung in allen Gesichtern zu erkennen. Mir ging es selbstverständlich genau so. Ich erinnerte mich erneut an die Verfolgungsjagd und den Moment, an dem ich bereits sicher war, dass er mich einholen würde. Mein Plan war die Rettung und offensichtlich das Ende der Angst vor dem bösen Nils, auf unserem Schulhof. Neben einer großen Erleichterung, verspürte ich auch Freude. Ich freute mich auf die letzten verbleibenden Monate auf meiner Schule, bevor ich sie wechseln musste. An diesem heutigen Tag waren wir alle Sieger.

»Hey Samu, war das einfach nur Glück mit Nils, oder hattest du das irgendwie geplant. Ich meine nur…der Plan hätte auch schief gehen können und dann hättest du sehr alt ausgesehen.«, rief mir Frank zu, als wir im Treppenhaus die untersten Stufen nahmen, um in die Klassenräume des ersten Stocks zu gelangen.

»Um ehrlich zu sein, war das eine Notlösung.«, begann ich meine Schilderungen. Im Klassenzimmer angekommen, hatte ich ihm bereits die ganze Geschichte erzählt. Unsere Blicke trafen sich danach viele Male. Wir kommunizierten ohne Worte, was für Frank sicherlich so etwas wie eine Premiere war. Als Frau Bergenwald die Klasse betrat, berichtete sie von dem Vorfall gehört zu haben. Nils sei inzwischen auf dem Weg ins Krankenhaus, da er angeblich eine Platzwunde am Kopf habe. Frau Mangold konnte seine Eltern erreichen, die so schnell wie möglich zu einer außerplanmäßigen Sprechstunde kämen und es sähe für Nils nicht gut aus, da sich immer mehr Schüler und Schülerinnen bei Frau Mangold über ihn beschwerten. Es fiel angeblich noch deutlich mehr vor, als das, was ohnehin bekannt war. Außerdem erzählte Frau Bergenwald von seinen Problemen außerhalb der Schule. Er musste ein echter Problemjunge sein, der nichts Anderes im Kopf hatte, als Ärgern, Schlagen und Schubsen. Ich ahnte so etwas bereits seit einiger Zeit. Wieso sollte er nur in der Schule so ein Arsch sein? Ich war sehr froh, dass ich nicht in Nils Nachbarhaus wohnte. Nicht nur wegen ihm, sonder auch wegen seiner außerirdischen Eltern.

Frank, Tobias und ich schlossen unsere Fahrräder auf. Wir waren nicht allein. Immer wieder riefen mir Jungs und Mädchen zu. Sie lachten, manche klopften mir auf die Schulter, oder sie riefen:

»Super Plan, Samu. Das war ne tolle Idee. Wie bist du darauf gekommen? Hast du schon gehört? Nils ist im Krankenhaus. Jetzt weiß er endlich selber wie es sich anfühlt, wenn man geschlagen wird.«

»Frank, kann das sein, dass du...?«, ich schaute ihn fragend an und war mir über die Antwort bereits bewusst, »...dass du herum getratscht hast?«

»Was? Ich habe nur zwei oder drei Jungs erzählt, welchen Plan du hattest. Ist doch nicht schlimm.«

Und genau diesen Satz hörte ich in solchen Situation von Frank. Er musste eine Schallplatte im Kopf haben, die in diesen Momenten automatisch abgespielt wurde.

»Das ist doch nicht schlimm! Das ist doch nicht schlimm. Das ist doch nicht schlimm!«, äffte ich ihn mit genervter Stimme nach und lispelte dabei.

»Man Frank, du bist wie meine Mutter. Sie kann auch nichts für sich behalten und tratscht herum. Wenn ich ihr etwas im Vertrauen sage, wissen es meine Schwestern automatisch. Du Spinner!« Ich lächelte ihm zu. Ich wusste bereits in dem Moment, als ich ihm den Hergang im Treppenhaus erzählte, dass ich genau so gut eine allgemeine Durchsage über Lautsprecher hätte machen können. Frank war eben Frank.

»Was? Du?«, scherzte Jasmin. Doch was sie machte, war wieder einmal komplett gegen mich gerichtet. »Du kannst mir doch nicht erzählen, dass Nils dir unterlegen war. So viel ich von Mama weiß, ist er doch ein echtes Problem an der Schule. Und... Moment, du hast mir doch vor Kurzem noch gesagt, dass viele vor ihm Angst haben. Samu, warum solltest ausgerechnet du gegen diesen großen, sportlichen Jungen gewinnen?«

Ich erzählte ihr die komplette Geschichte. Mit jedem gesprochenen Satz veränderte sich ihre Miene. Endlich hatte ich sie soweit. Sie bemerkte, mich vollkommen unterschätzt zu haben. Ich versuchte diesen Moment so lange wie möglich zu genießen, indem ich meine Geschichte ein wenig ausschmückte. Später, wenn Mama vom Einkauf käme, würde ich ihr es nochmal erzählen. Auch meine andere Schwester und mein Vater mussten von meinem Erlebnis erfahren. Jasmin würde ich an diesem Abend mit ihrer gewohnt genervten Visage und rollenden Augen sehen.

»Somit ist dieser Nils bald nicht mehr auf der Schule?«, fragte sie interessiert nach.

»Ja, genau. Das soll jetzt alles so schnell wie möglich gehen. Ich kann mir das kaum vorstellen. Doch wenn Frau Mangold, unsere Direktorin, das vor der versammelten Mannschaft sagt, wird sie das sicher machen.«

»Und du hast ihm wirklich gegen sein Bein getreten, dass er nicht mehr so schnell laufen konnte?« Meiner Schwestern schien der geschilderte Kampf zwischen mir und ihm auf eine bestimmte Art und Weise sogar Spaß zu bereiten.

»Ja, ja, ja! Wie oft soll ich das denn noch wiederholen?«. Ich fauchte sie an. »Ich kann Dir leider nicht mehr von diesem Kampf berichten.«

»Naja, der Moment, als er gegen die Wand krachte, war doch bestimmt ziemlich heftig. Ich wäre gerne dabei gewesen. Kaum zu glauben, wie du ihn hast gegen die Wand laufen lassen«. Sie lachte und machte einige Witze über Nils. Sie nannte ihn permanent einen Idioten.

»Der Idiot mit dem Spatzenhirn«, oder, »dieser Idiot hat sicher nicht damit gerechnet, dass so einer wie du einen cleveren Plan hatte«. Sie konnte wirklich gemein sein. Als ob es so absurd war, dass *so einer wie ich* nicht in der Lage sei, zu denken und zu handeln!

»Was haben denn die anderen Jungs auf dem Schulhof gemacht, als du dich mit ihm angelegt hast?«

»Das hab ich dir schon gesagt. Hörst du mir nicht zu? Tobias und Frank haben sich eingemischt und wurden von Nils mit Leichtigkeit bei Seite geschoben. Es war ein bisschen unheimlich und sah so aus, als hätte er extrem viel Kraft. Ich habe mich in den letzten Jahren ohnehin gefragt, wie er im Sportunterricht solche Sprünge und Würfe hinbekommen konnte.«

»Du bist jetzt bestimmt total beliebt in der Schule und die meisten Jungs und Mädchen bewundern dich«, sagte sie, »Schade nur, dass du bald wieder auf eine neue Schule kommen wirst und dort ganz von vorn anfangen musst. Also, genieße den Ruhm!«, sagte sie mit einem breiten Grinsen und aufgerissenen Augen.

»Ich wollte davon nichts wissen. Ich wollte nicht an die neue Schule denken. Sie schaffte es spielend leicht, meine kleine Siegesfeier zu zerstören. Ich denke, sie musste mich sehr hassen. Eine andere Erklärung konnte ich für ihre Bösartigkeit nicht erkennen. Es fiel mir schwer, die geeignete Antwort zu finden. Ich überlegte ein oder zwei Sekunden zu lang und sie fuhr fort:

»Mach dir nichts draus. Wenn du weiterhin so heldenhaft bist und dich was traust und weniger in dich hineinstopfst, werden dich die neuen Mitschüler wahrscheinlich ganz okay finden.«

»Wie war es denn für dich, als du die Schule wechseln musstest? Hattest du schnell gute Freundinnen gefunden?«, fragte ich, obwohl ich die Antwort schon kannte. Ich konnte in der Vergangenheit eine Unterhaltung zwischen ihr und Alex mithören, in der sie sich über die neuen Mitschüler- und schülerinnen beschwerte. Damals sagte sie, sie seien ihr alle zu spießig und angepasst.

»Ja, da wären genug gewesen. Die Meisten konnte ich aber nicht länger als ein paar Minuten aushalten. Das waren alles Spießer. Weißt du, Samu, das waren solche Leute, die am Abend ihre Kleidung für die ganze nächste Woche zusammenlegten.«

Ich weiß nicht, wie sie es schaffte. Obwohl ich gerade keine große Lust auf sie hatte, brachte sie mich zum lachen.

»Wo ist eigentlich Mama?«, fragte ich Jasmin, ganz verwundert darüber, dass mir die Frage erst jetzt einfiel.

»Achso, das kannst du ja noch nicht gehört haben. Frau Leserhaus hatte heute Morgen einen Fahrradunfall an der Kreuzung Irisweg und Rosenhügel. Sie hatte einen Schock und sie blutete. Es sah wirklich nicht gut aus. Mama kam gerade vom Büdchen und konnte den ganzen Unfall verfolgen. Sie zögerte nicht lange und brachte sie ins porzer Krankenhaus. Ich kann nicht wirklich sagen, wie es ihr jetzt geht. Ich habe Mama gesagt, dass sie zwischendurch anrufen solle. Ich war natürlich auch sehr neugierig.«

»Wie schrecklich. Jetzt können wir nur noch hoffen, dass Mama gute Nachrichten mitbringt. Wie lange sind die Beiden schon weg? Und hast du schon zu Mittag gegessen?«, fragte ich sie.

»Es sind schon über drei Stunden. Und nein, ich habe noch nichts gegessen. Wenn du Hunger hast, kannste dir ja ein Brot machen.«, sagte sie in einem bissigen Ton.

»Es ist mir schon klar, was ich machen kann, wenn ich Hunger habe. Ich dachte nur, wenn Mama nachher nach Hause kommt, hat sie bestimmt auch Hunger. Vielleicht kannst du etwas kochen. Wir haben doch dieses Spaghettigericht im Karton. Das ist doch so einfach zuzubereiten.« Ich wollte den Satz mit: »...sogar für dich«, beenden, konnte es mir aber gerade noch verkneifen.

»Hast Recht. Kann ich machen.«, sagte sie, während sie in ihr Haar griff und die Küche verließ. Als ich sie im Treppenhaus zum Keller hörte, fragte ich, ob ich ihr helfen könnte. Sie brüllte und es schallte durch das ganze Haus:

»Was für ein Quatsch. Als ob ich das nicht alleine kann.« Wenige Sekunden später öffnete sich die Tür im obersten Stock.

»Hallo? Wer hat denn gerufen?«, rief Tante Anna, »Ich habe nicht verstanden. Jasmin? Wer ist denn da?«

Auf dem Weg in mein Zimmer rief ich durch das Treppenhaus: »Ist schon gut, Tantchen. Jasmin hat nur wieder einen ihrer verrückten Anfälle!« Sie lachte und stimmte mir zu. Sie schloss die Tür und schaltete ihr altes Radio an.

»Ihr seid ja ätzend«, zischte Jasmin lautstark durch das Treppenhaus und kurz darauf fiel die Küchentür ins Schloss. Etwa eine viertel Stunde später, Jasmin rief gerade zum Essen, hörte ich Schlüssel in der Haustür. Als hätte sie es gewusst, erschien Mama pünktlich zum Mittagessen. Sie erzählte uns bei Tisch von der sehr schlimmen Fahrt ins Krankenhaus. Frau Leserhaus musste schlimme Schmerzen im rechten Arm gehabt haben und ihr rechte Wange blutete. Mit frischen Kompressen im

Gesicht, erreichten sie die Ambulanz. Ein Röntgenbild zeigte an, dass der Arm gebrochen war. Frau Leserhaus ließ zahlreiche Untersuchungen über sich ergehen und in dieser Zeit versuchte Mama Herrn Leserhaus zu erreichen.

»Wie ist das denn genau passiert?«, fragte ich sie, «Jasmin sagte, dass du alles ganz genau gesehen hättest.«

»Naja, es war schon merkwürdig. Ich war nur etwa 50 Meter vor der Kreuzung, als Frau Leserhaus mit ihrem Fahrrad auf die Kreuzung zufuhr. Natürlich konnte ich sie, trotz der Entfernung, ganz genau erkennen. Immerhin fuhr sie wieder mit einem Dauergrinsen auf dem Fahrrad und sie hatte eine wirklich sehr komische Mütze auf dem Kopf. Das alleine war schon ein merkwürdiger Anblick. Wenn man sie nicht kennen würde, könnte man sich über diese Frau auf dem Fahrrad seine speziellen Gedanken machen.«, sagte Mama mit einem Lächeln auf den Lippen.

»Von rechts raste ein Auto auf die Kreuzung zu«, fuhr Mama fort, »und ich war davon überzeugt, dass es jeden Moment bremsen musste. Doch als der Wagen Frau Leserhaus vom Fahrrad stieß, hatte ich für einen kurzen Moment das Gefühl, in einem falschen Film zu sein.« Weder Jasmin, noch ich aßen unsere Spaghetti. Ich hatte in meinem Leben sicherlich noch nie so lange für einen Teller Spaghetti gebraucht.

»Ich raste, so schnell ich konnte, auf Frau Leserhaus und den Fahrer des Wagens zu, der sich über sie beugte. Als ich die ganze Lage überblicken konnte«, Mama riss die Augen weit auf, »half ich ihr zur rechten Straßenseite zu gelangen. Dort setze sie sich auf den Boden und hielt ihren Arm. Inzwischen war auch Frau Knörle vom Eckhaus an der Unfallstelle. Ich rief ihr zu, dass es wichtig sei, die Polizei anzurufen. Es sei ein Unfall passiert und es solle eine Streife geschickt werden. Ich holte das Auto, lud Frau Leserhaus ein und sie wartete darin auf dem Streifenwagen. Der Fahrer wartete mit mir an der Kreuzung und beteuerte immer wieder, wie sehr er alles bedauere.«

Für vier oder fünf Sekunden wurde es still, danach folgte ein gepresstes Lachen.

»Kinder, ich musste teilweise wirklich mein Lachen unterdrücken. Selbst während sie da lag, hin und wieder ihren schmerzenden Arm hielt und ihr Gesicht abtupfte, sah sie wie immer aus. Als ob nichts gewesen wäre. Sie grinste wie ein Honigkuchen über das ganze Gesicht. Wie konnte das denn bitte sein?«

»Du meinst *Sie grinste wie ein Honigkuchenpferd.*«, bemerkte Jasmin.

»Wie lange dauert es eigentlich, bis so ein Armbruch verheilt ist?«, wollte ich von Mama wissen.

»Je nach dem. Meine Arbeitskollegin trug ihren Gips mehr als sechs Wochen lang.« Mama schaute uns mit gesenktem Kopf an und nahm danach eine Gabel voll Spaghetti in den Mund.

»Und was ist nun mit Frau Leserhaus? Konnten die Ärzte im Krankenhaus schon etwas Genaueres sagen?«, hakte Jasmin nach.

Am Nachmittag kam zuerst Alexandra nach Hause, danach folgte Papa. Zwei Nachrichten brannten förmlich darauf, erzählt zu werden. Welche davon die Interessantere war, konnte ich nicht sagen. Meine Geschichte mit Nils, seine Jagd auf mich und mein anschließender Sieg, lies Mama staunen. »Nicht dein Ernst. Beim letzten Elternsprechtag war dieser Nils das Hauptthema. Das ist ja ein Ding, Samu.«

Alex und Papa hörten mir sehr gespannt zu. Danach

folgte die Geschichte des Unfalls von Frau Leserhaus.
Papas einzige Reaktion war:
»Tatsächlich. Und sie grinste wie immer?«
Als ich am Abend im Bett lag, war ich nicht nur müde.
Es dauerte nur wenige Minuten und ich hob ab. Ich
schwebte über der Blumensiedlung, sah Frau Leserhaus
auf dem Fahrrad, Frau Kalthaupt am Büdchen, Susanne
Leserhaus über die Straße hüpfen und Alexander Feld-
stern mit seiner Mutter in ihrer Einfahrt. Ich liebte die
Blumensiedlung und konnte mir kaum vorstellen, woan-
ders zu leben. Es wären für mich höchstens ein paar
Flügelschläge bis in den nächsten Ort, oder die nächste
Stadt. Ich hatte schon lange die Idee, nach Italien zu
fliegen. Vielleicht gab es dort ja eine italienische Blumensiedlung.

Zeitfracht Medien GmbH
Ferdinand-Jühlke-Straße 7
99095 Erfurt, Deutschland
produktsicherheit@kolibri360.de